幽默笑话与猜谜斗趣常识

主　编　刘利生

副主编　王光远

西北工业大学出版社

图书在版编目(CIP)数据

幽默笑话与猜谜斗趣常识/刘利生主编．—西安：西北工业大学出版社，2011.5(2012.7 重印)

ISBN 978-7-5612-3079-4

Ⅰ.①幽…　Ⅱ.①刘…　Ⅲ.①笑话—作品集—世界
Ⅳ.①I17

中国版本图书馆 CIP 数据核字(2011)第 074420 号

出版发行：西北工业大学出版社
通信地址：西安市友谊西路 127 号　　**邮编**：710072
电　　话：(029)88493844　88491757
网　　址：www.nwpup.com
印 刷 者：陕西宝石兰印务有限责任公司
开　　本：850mm×1168mm　1/32
印　　张：6.5
字　　数：140 千字
版　　次：2011 年 5 月第 1 版　　2012 年 7 月第 6 次印刷
定　　价：18.80 元

前言

文化娱乐是农业生产活动中不可分割的部分。许多文化娱乐活动，都是在农业生产中，或者在农业生产活动之后产生和举行的。今天，我们许多优秀的民族文化和娱乐活动，都与农村和农业生产有关，比如人们伐木时喊的号子，捕鱼时唱的渔歌，庆祝丰收之后的舞蹈和聚会，等等。

经济在发展，时代在进步。随着经济和科技的发展，广大农村地区和农民朋友的物质生活需求逐渐得到满足，人们开始转向了对文化生活的追求。除了劳动生产外，文化和娱乐活动是农民朋友不可或缺的重要文明享受和追求。

为了丰富农村文化生活，提高农民的文化艺术修养和文化素质，为建设新农村的精神文明提供支持，我们精心编写这套丛书。丛书重点介绍当今广大农村地区极具影响的文化休闲、民间艺术、民间文化、民间娱乐等内容，对喜爱文化娱乐活动的农民朋友，有一定的参考和借鉴意义，对丰富农村文化娱乐生活有一定的帮助。

我国农村地区风土人情各不相同，文化娱乐活动和项目又纷繁多彩。本丛书在编写过程中，由于水平所限，在内容选取和安排上或许有不当之处，还请读者朋友谅解。在此，对热心帮助和无私支持我们的专家学者及领导表示感谢。

最后，祝愿广大农村地区繁荣富裕，祝愿广大农民朋友精神文明和物质文明双丰收。

编　者

目 录

第一章　幽默概述

第一节　幽默的概述

幽默一词，对于今天的读者来说，已不陌生了。然而，你知道它的来历吗？

原来，它是由英文 Humour 一词音译而来的。而英文中的这个词，则来源于拉丁文的 humorr，本义是“体液”。古希腊有一位名叫希波克拉底的医生认为，人的体液有血液、黏液、黄胆汁、黑胆汁、等等，其组成的比例不同，便会形成人们的不同气质和脾性。而幽默一词的广泛运用，则要归功于英国人文主义戏剧家琼生了。他创作的《个性互异》和《人各有癖》两部作品，均以幽默见称。他的讽刺喜剧代表作《伏尔蓬涅》里，其人物性格便是按照“气质”划定的，有“狐狸”“苍蝇”“兀鹰”“乌鸦”之类的命名。大概由于文艺的社会功能所致，琼生的幽默理论也不胫而走。而最初将此词移入中国来的，则要推林语堂了。这是一个音、意两译的词，其表述方式自然是恰到好处了。

“幽默”与滑稽，讽刺不同。滑稽是在嘲笑、插科打诨中揭露事物的自相矛盾之处，以达到批评和讽刺的目的；

讽刺则是用比喻、夸张的手法对不良或愚蠢行为进行揭露、批评或嘲笑。幽默与两者既有联系，又有区别。《辞海》上的解释是这样的："通过影射、讽喻、双关等修辞手法，在善意的微笑中，揭露生活中的讹谬和不通情理之处"。列宁说："幽默是一种优美的、健康的品质。"正因如此，有人把幽默看做是一个人成熟的一种表现。我们今天的生活充满阳光和欢笑，但不妨在紧张的劳作之余，让幽默充当精神上的"按摩师"，那时，生活将更富于乐趣。而且幽默让生命更长久！挪威专家研究显示，拥有幽默感的成年人比缺少生活乐趣者更长寿，极具幽默感的癌症患者比起缺乏幽默感的患者，死亡率低70%。幽默是一个相当热门的话题，幽默到底是什么？我们还找不到明确一致的解释。幽默来源于生活，是学来的。幽默是一种经过艺术加工的语言形式，是艺术化的语言。幽默是一种艺术方法，用这种方法造成以笑为艺术手段的文学艺术作品。有趣或可笑而意味深长，充满幽默的笑。滑稽只逗人笑，而幽默则是让你笑了以后想出许多道理来。

"幽默有广义与狭义之分，在西文用法，常包括一切使人发笑的文字，连鄙俗的笑话在内……在狭义上，幽默是与挑剔、讥讽、揶揄区别的。这三四种风调，都含有笑的成分。不过笑本有苦笑、狂笑、淡笑、傻笑各种的不同，又笑之立意态度，也各有不同。有的是酸辣，有的是和缓，有的是鄙薄，有的是同情，有的是片语解颐，有的是基于整个人生观，有思想的寄托。最上乘的幽默，自然是表示‘心灵的光辉与智慧的丰富’……各种风调之中，幽默最富于感情。”（林语堂《论读书，论幽默》，当代世界出版社出版）

第二节　幽默的方式

常见的幽默有几种方式：

相声：通过语言或者对话来达到幽默的效果。

笑话：通过一个有趣的小故事来使人们感到好笑。

无厘头：利用表面毫无逻辑关联的语言和肢体动作，使人们有滑稽的感觉。

戏仿：通过模仿来使人们感到滑稽。

恶搞：通过毫无道理的方式（例如在照片上画八字胡），来使观看者感到好笑。

黑色幽默：20 世纪 60 年代在美国兴起的一个文学流派，对充满矛盾的、荒谬的社会现实进行无奈、苦涩的冷嘲热讽。后也指这种无奈、苦涩的表现风格，是一种对现实采取嘲笑抨击，揭露和讽刺，幻想和否定结合在一起的“黑色”的“幽默”。

愚人节：能引出许多笑话的一天，人们以多种方式开周围的人的玩笑。

第三节　幽默的概念

“幽默”一词，在我国最早出现于屈原的《九章怀沙》里：“煦兮杳杳，孔静幽默。”不过这里的“幽默”，是“幽静无声”的意思。而现在使用的“幽默”一词是作为一个美学范畴，指一种令人发笑而有余味的情操。笑是幽默的外部特征，没有笑就不成其为幽默；但笑还不是幽默的本质特征，因为笑的种类很多。从笑的形态看，有满足的笑，尴尬的笑，会心的笑，等等。

从笑的机制来看，有生理的笑，社会的笑，心理的笑，等等。只有“会心的笑”“心理的笑”，才与幽默的本质有缘。所谓“会心的笑”，是说使人在笑声中明白点什么道理，得到点什么启示。

第四节　幽默的由来

幽默的逗笑，其来源只能在人与人之间发生。逗出的笑，是人看来、听来，感觉到的。人与人之间交往，都靠语言，这就要考察语言里会不会出幽默。

中国有几千年文明史，语言文化日渐成熟。语言从原始到进化，有不断渐进的历程。原始人劳动方式简单，只是打猎、耕种的活动，语言也就简单，说的就是一般生活和干活的事。使用机械生产后，劳动方式复杂了，在集体活动中，人们之间的关系与交往也变得复杂了，特别是在商业和外交活动中，语言稍有不慎常会造成麻烦。在交往中，由于许多话不宜用直白的说法，人们就学会了用启发式的语言。例如长者死了，一般总会说是“去世”“不在”“已故”之类，不会直说：“我爸爸死了”的。早年妇女提到她丈夫，或丈夫提到他妻子，也都不好意思直说，而是说：“孩子他爹”“孩子他妈”。有的老太太说她丈夫是：“我们家那烟袋杆儿”，都拐了个弯，使用曲折、含蓄的说法。人们最初说的“去拉屎”“去撒尿”，后来也不直说了，而是说：“上茅房”“上厕所”，再往后说：“去洗手间”“去化妆室”了。这是因为人们之间关系日渐复杂与文明进步所带来的语言进化的结果。

俗话说熟能生巧，使用语言也一样，尤其是在玩笑之间，人们说话常会用“巧”。如说：“我一人吃饱，全家不饿”，一听就明白说的是：过独身生活。记得作家马克·吐温说过：“戒烟最容易了，我就戒过二百多次。”但人们一听就会明白，他说的是老也戒不掉！这种说法意思明白，又很滑稽，显然都是经过艺术加工的语法，是创造性的语言，自然是出于智慧的，这就是幽默。

第五节　幽默杂谈

最近看到几人谈幽默的对话，讲的是如何保持轻松心态与笑以及在遇到挫折时采取的态度，等等。这也是学者们曾谈到过的涉及幽默的问题。

如果从幽默的原理说来，幽默是一种巧妙的语言方法，其特性是用曲折、含蓄的方式表达（或表现）使人领悟，而不是用直叙表达的。比如俗话里就有许多含蓄的说法，比如说某人“不卖油，光敲梆子”，人们一听就明白，是“只会说，不会干”的意思。两人争吵，有人评说：“一个巴掌拍不响”，也是一听就明白，说的是：“发生争吵不归咎于哪一位，而是这两人都有责任”，或是说：“这两人在一起就会争吵”。又如《资谈异语》载“曼卿戏言”：“石曼卿善谑，尝出御马，一日失鞍马惊，曼卿坠地，从吏慌忙扶掖升鞍。曼卿曰，赖我是石学士，若是瓦学士，岂不跌碎乎?”这话一听就明白，石曼卿不怪那马和那从吏，表示不介意了。这种语言方法出人意料，也挺巧，听着有趣，会把人逗乐了。因此幽默也可说是用轻松滑稽的方式说话，或是用这种态度处理问题，正如前面提到的那些人所讲的话。

逗笑的现象，我国习惯统称：“滑稽”；西方国家习惯统称：“幽默”。意思是一样的。后来学者们发现，逗笑有两种，一种是自然出现，或无意中出现的逗笑；另一种是人有意想出来的逗笑。这里我们就借用“滑稽”和“幽默”这两个词，用“幽默”表明想出的逗笑。现在还有不少学者把逗笑和幽默混为一谈。例如，许多学者论文中，常引用德国哲学家伊曼纽·康德写的，说幽默是“在紧张的期待突然消失之际产生的一种情感”。实际上这是一种逗人笑的原因。幽默的逗笑常用这种方法，滑稽的逗笑也是由于这个原因。例如孩子放大鞭炮，用香火点燃了，在一旁的人以为这样大的鞭炮一定很响，都堵上两耳跑开。没想到这鞭炮有毛病，只发出火星，不爆响！跑的人先很紧张，突然变得没什么可怕的了，就觉得滑稽可笑了。

第六节　幽默奇巧

论及滑稽和幽默，常用“奇巧”二字来简括造成滑稽和幽默的原因。奇是出奇，出人意料；巧是合乎情理，可以理解。巧又是巧合，要巧得合情合理，出奇而不合情理，就不会造成滑稽。用滑稽方式的发言或表现，就是幽默。

不协调是造成滑稽的普遍原因，这是论幽默的学者们大都同意的，因为不协调现象总是出人意料又合乎情理，可以理解的。

我在北京上学的时候，就听过一个笑话：那时动物园叫“万牲园”。入门收票的是两个近两米高的大汉，收票时应说一声“票”，但他们出声细小，总说成“飘”，人听了就觉得滑稽可笑。那就是因为不协调，也可以理解。

有的对口相声表演，出场两人一胖一瘦，或一高一矮，也会造成滑稽感。这也有巧合的效果。写文章也会用巧合写法，如鲁迅在《文坛三户》中写道：“暴发户爬上文坛，固然未能免俗，历时既久，待到藏书日多，藏钱日少的时候，便有做真的破落户的资格了。”

文中“藏书日多”和“藏钱日少”，藏的一个“多”，一个“少”组成对比的巧合，看来便觉得有滑稽感。

又如欧·亨利在《爱的牺牲》中写道：“乔很快就能有画问世，那些鬓须稀朗而钱袋厚实的老先生，就要争先恐后地挤到他的画室里来抢购他的作品。”

文中“钱袋厚实”和“鬓须稀朗”也是造成对比的巧合效果，看了很有滑稽感。

这种用巧合的笔法，在有些作家的文章里也常可以见到。

第七节　说俏皮

我国北方俗话“俏皮”，意为机巧、有趣，有时带有弄巧的含义。俏皮话，就是巧而有趣的话。平常说：“吃饭去！”改说：“填肚子去！”这里就有点游戏的口气。人们喜好游戏，得机会总想玩一下、轻松一下，有时也会是想显摆一下个人智巧，故作俏皮取笑。在一般民间俗语里面，就有说得挺俏皮的话，如说：“不卖油，光敲梆子”，是只说不干的意思。又如：“趁台阶下驴”，是借机会罢手的意思；“打一巴掌揉三揉”，是打击之后安抚一下的意思；“吃豆腐报肉账”，这句话更好理解。比喻，意思很明白，有幽默感。

北方有一种俏皮话，分两句说。头一句像谜语，后一句像解谜。如：“狗咬刺猬——没处下嘴”“阎王出告示——鬼话连篇”“老虎屁股——摸不得”。也多用比喻，都很有趣逗笑。

幽默的语言方式，大多很俏皮。《调谑编》记载过苏轼的幽默：坡公在维扬，一日设客，十余人皆名士。米元章亦在座。酒半，元章忽起自赞曰：“世人皆以芾为颠，愿质之子瞻。”公笑曰：“吾从众。”（米元章名芾，苏轼字子瞻）

“吾从众”用现代话说是“我服从多数”，而且“吾从众”又是巧借《论语》中孔子的一句话，这都是含蓄地说：“就是颠的。”说得俏皮，很有趣。《启颜录》记载：后魏孙绍为太府少卿，高帝问：“卿年何老？”曰：“臣年虽老，臣卿乃少。”遂迁正卿。

一句俏皮的回答，使孙绍从少卿提为正卿，升了一大级。

第八节　中国人的幽默

中国人应该是最理解幽默的，幽默是由于社会文明进化、社会生产复杂多样、人际交往随之复杂、有些语言不便直说等等所引出的曲折的语言方式，渐渐形成幽默的语法。中国历史久远，有上千年连绵不断的文明史记录，语言的进化，自然会形成一些普遍运用的幽默语言。

人们使用语言是和他们的文化素质相关的，文化知识越广，幽默语言使用越广，也会越灵活。

还有一点，中国语言文字和别国语言文字不同，不是用拼音组合的，每个字有它独特的形、独特的音与意。相同和相近的字很多，这种谐音很容易造成滑稽。老百姓常常用谐音说幽默的话，外国人一般很难听明白。当时我问："气管炎，明白吗?"好几位会普通话的，一听就笑起来。他们知道那是我们中国人常说的"妻管严"的谐音，但不知道的人就听不懂，也就不可能笑了。

谐音使语言押韵，押韵有它的美感。

第九节　中国古代笑话资料总集

《中国古代笑话资料总集》为王利器编著，1956 年初版。1961 年台北曾改名《中国笑话书七十一种》加以翻印。

此书从三国时代到晚清的 70 多种古代笑话集中辑录各种笑话约 2000 则。一般是从笑话专集中选录，但专书亡佚的则用旧辑本（如《笑林》）或重新编辑（如《启颜录》从敦煌卷子等六种资料中辑出 102 条）。在辑录时，编者删去庸俗猥亵和部分重复的笑话。按时代先后排列，在每种专集之前，作了版本考订、出处说明和内容、作者简介。书后附有"历代已佚或未收笑话集书目 36 种"。

此书搜罗宏富，提供了中国古代笑话的代表作品和重要线索。但所收民间笑话与文人笑话未进行鉴别，对原文也缺少校勘。1985 年《历代笑话集续编》出版，收明清笑话集 5 种，附录 2 种，共数百则。主要是史籍中所载的笑话。

王利器（1911—1998 年）字藏用，号晓传。四川江津人。七岁入家塾，二十岁后考入江津中学、重庆大学高中部。毕业后在达材中学任教半年，又考取四川大学中文系，再考入北京大学文科研究所。历任四川大学、成华大学、西北大学、北京大学讲师、副教授、教授，还曾在文学古籍刊行社、人民文学出版社任编辑，并任中国社会科学院特约研究员，现已离休。已出版《新语校注》《盐铁论校注》（后改《盐铁论校注增订本》再版）《风俗通义校注》《颜氏家训集解》《文心雕龙新书》《文心雕龙校证》《文镜秘府论校注》《葛洪论》《文笔要诀校笺》《历代笑话集》《历代笑话集续编》《元明清三代禁毁小说戏曲史料》《郑康成年谱》《宋会要辑补》《李士桢李煦父子年谱》《九僪集校订本》《越缦堂读书简端记校录》《水浒全传》整理本，以及《耐雪堂集》《晓传书斋文史论集》《王利器论学新著》等二十余种，约两千万字。

第二章 幽默的说话艺术

第一节 幽默何以难解

学者们对于笑和幽默的讨论，很久以来一直存在着意见分歧，可能就因为这不仅是逗笑的问题，而且还涉及人的心理、性格、思想以及处世态度等各方面。林语堂说过："幽默是一种心理状态。进而言之是一种观点，一种对人生的看法。"因而使人感到其中问题复杂，须从哲学、心理学等多方面去研究，才能解释清楚。

其实，任何事物发生都有原因，只要从这些原因去考察，脉络清晰，性质就明显了。幽默逗笑，是令人感受到那是幽默的，而学者们又多认为幽默出于智慧，没见有人不同意。由此可知，幽默必是出于人与人之间的关系。因为除了人之外，其他动物和无生物都不会有思想，不能出智慧，不会以幽默逗笑的。人与人之间的沟通靠得是语言，可见幽默最可能是从语言来的。实际上幽默是经过艺术加工的一种语言方式，是艺术化的语言，是艺术语言。它也是一种艺术，一种艺术方法。漫画、相声、种种喜剧节目以及许多幽默文学作品，都是用幽默艺术方法创作的，因此首先就要明确幽默的性质，找出幽默是从哪里来的。找出了它的来源，性质就容易弄清楚了。从长时间社会的发展与文明的进化来考察人类语言的变化，即可知道，幽默原是因社会文明进化而自然形成的曲折含蓄的语言方法。古时生产方式简单，人际关系简单，语言自然不会复杂。生产方式不断进步，人际关系随之逐渐复杂起来。例如在日常会客时，说话就要讲究。学术集会、政治活动，特别是在外交场合，更需要讲究语言的用法。必要时就不能直话直说，须用另一种说法，含蓄地说出。曲折语言用熟了，会用得奇巧，因而显得滑稽可笑。在开玩笑时语言就容易用巧。我们从幽默的文艺作品和表演中就能领悟到它的特性，还可以领悟出，使用幽默语言时的心情，总是轻松、从容和颇为自信的，否则说不出这种有滑稽感的话。能有这种心情，就可以推想到此人的性格、态度、心理活动各方面。可以说，从幽默能反映出人的性格、态度、心理，对人处世态度乃至人生观、世界观等。许多人喜欢与幽默的人相处，总是有原因的。

幽默讲究用巧。因为幽默是滑稽的，使用滑稽就要有出人意料的构思，还需有合乎情理之处，也就是出其不意而又有合情之巧。

第二节　话说双关

有句俏皮话："老鼠进风箱——两头受气"，里面的

“受气”二字是双关义的：受进来的空气和受人的气。另一句：“老太太上电车——您先别吹”，这里的“吹”有双关义：指电车售票员吹哨，一吹车就开走（车在站上，老太太走得慢，怕赶不上，就喊“先别吹”）；还有“吹牛”的意思。又一句：“哑巴吃扁食（饺子）——肚里有数”，其中“肚里有数”是双关语，既指知道肚里扁食的数目，又指心里有数（心里清楚、明白）。有一次看高凤山的快板表演。上台他先喝一口水，边喝边用牙嚼。同伴问：“喝水干吗嚼呀?”凤山说：“北京的水硬。”逗得人大笑。按科学分类，水中含矿物质多称为“水硬”，含矿物质少称“水软”，和固体物的“硬”不同。这是借“硬”字的双关含义作幽默表演。有一次，我见侯宝林院里平箩中摊开的米里面有米虫，就说：“你家米长虫子啦?”他说：“是我家养的。”我听了笑起来。这是玩笑话，是借“我家养的”双关含义取笑。“我家养的”有“我家有意去养”之意，还有“在我家里养出来的”之意。在幽默语言里，借用双关词语，从相声表演中常可听到。

人是会思想的动物，人之间的关系和其他动物不一样，复杂得多。会思想也会说话，这话的说法也就得讲究。人的社会地位不同，话的说法就有分别。

第三章 冷笑话

第一节 冷笑话定义

定义1：就是讲的人挺平静的，基本上面无表情。听的人听完后要愣一愣，想一想才感到好笑的笑话。

定义2：冷笑话一般都超出常规的思维，不符合逻辑和生活实际，让人听了觉得一愣；虽然有些冷笑话挺好玩，但无论怎样，这种笑话听了也不会像那些听“正常”笑话后一样开怀大笑；一点都不好笑的笑话，非常无聊的笑话，但是可以达到精神上放松的目的，因为这种笑话理解起来不动脑筋；脑筋急转弯就是一种冷笑话（特别是那种借用谐音、英语等来猜成语，还有那种花生米、蝶恋花一类的猜谜）。

第二节 猜测性原理

冷笑话的一个重要标志是它说出来后，听者不会马上开怀大笑，而要隔一阵子，才可以笑出来。同时这种笑是不强烈的，不持久的。它表达的是一种复杂或简单于常规的原因或结果。一般的冷笑话在结构上有原因和结果两个部分。因此，人在听见冷笑话时，会进行常规的思考，一般不会料到冷笑话的原因或结果。

例 1：一只北极熊孤单地呆在冰上发呆，实在无聊就开始拔自己的毛玩，一根、两根、三根……最后拔地一根不剩，它突然大叫："好冷啊!!"

在例 1 里面（一只北极熊孤单地呆在冰上发呆，实在无聊就开始拔自己的毛玩，一根、两根、三根……最后拔地一根不剩,）这部分内容属于原因部分。在听者听见这部分时，心理上会觉得莫名其妙，不知道是怎么回事。同时会在内心猜测怎么会这样呢？这个北极熊怎么这么傻？它拔毛干什么啊？思维在这个时候会出现很短时间注意力集中，同时思维开始投入到话题里面，但是这种注意力集中和思维投入是一个很短的时间（同时这个时间越长，冷笑话就越冷）。也就在这个时候，突然出现一句（它突然大叫："好冷啊!!"）。听者就会产生多种叠加的复杂心理。有恍然大悟的感觉（原来如此?），有厌烦的感觉（我怎么就注意上这个无聊的话题了?），还有很多奇怪的感觉。这些感觉同时出现，形成一种综合后的感觉，就是"好冷啊……"（目前还没有找到这种感觉在心理学上叫什么）。

由于冷笑话后半部分总会出乎意料，所以对冷笑话怀有积极看法的人听得冷笑话越多，冷笑话就会越冷。原因是冷笑话的后半部分总是出乎听者意料之外。听者内心总暗示自己，"冷笑话的后半部分内容是猜不到的"，但是人的好奇心却让听者继续猜。最终导致的结果就是“注意力集中和思维的投入”这个思维过程的加长或加深。(注意：这种情况是建立在听者对冷笑话怀有积极态度基础上的)。

由于冷笑话大多无聊，内容奇怪，实用意义不大，所以有的人听的冷笑话越多就越不冷。原因和上面那种出乎听者意料之外的情况相反。当听者对冷笑话怀有消极态度时，听者在听完前半部分的内容时心理会暗示，这个笑话将会出现一个极其无聊、极其不好笑的“后半部分”。这时，听者就不会对这个话题产生好奇心，同时也不会把注意力集中在这个笑话上面。结果就是“注意力集中和思维的投入”这个思维过程的变短或者没有。在这个时候，听者不但不会觉得冷，反而会觉得说冷笑话的那个人很无聊，无所事事。(注意：这种情况是建立在听者对冷笑话的消极态度基础上的)

第三节　冷笑话集锦

笑话 1

有一个躲猫猫社团，他们的团长现在还没找到。

笑话 2

有个人长得像洋葱，走着走着就哭了。

笑话 3

炎热的下午，有一根火柴头痒痒，挠啊挠啊，然后就着火了。

笑话 4

三分熟的牛排为什么不和七分熟的牛排打招呼？因为它们不熟啊。

笑话 5

夏日炎炎的一天，两只香蕉走在路上。走在前面的香蕉突然觉得好热，他说，好热哦，我要把衣服脱掉。结果他就把皮给剥掉了。结果后面的香蕉就跌倒了。

笑话 6

从前有个包子走在路上觉得饿了，它就把自己吃了。从前有一个面包走在街上，它觉得饿了，于是把自己吃了。从前有一个棉花糖去打了很长时间的球，他说：“好累啊，我觉得我整个人都软下来了。”

笑话 7

从前有一只鸟，他每天都会经过一片玉米田，但是很不幸是，有一天那片玉米田发生了火灾，所有的玉米都变成了爆米花!!! 小鸟飞过去以后，以为下了雪，就冷死了。

笑话 8

某人新装的电话刚好是电影院退租的，因此常常有人打电话询问放映中的电影，刚开始，他总是好言解释这部电话已经不是电影院的了，现在已经是他的了，请以后不要再打来，日子一久，他也觉得好烦，于是接到这类电话就简短地说："你打错了！"这样也省些口水。有一天话筒中又传来熟悉的声音："请问现在正上映什么片子？"他照例说："你打错了！"一阵沉默后，对方答："是国产片还是洋片呢？"

笑话 9

鱼说："我时时刻刻把眼睁开是为了在你身边，不舍离开。"水说："我终日流淌不知疲倦是为了围绕你，好好把你抱起。"锅说："都他妈快熟了还这么倔。"

笑话 10

小白很像他哥哥，知道为什么吗？因为：真像大白（真相大白）。

笑话 11

从前，有一个人姓蔡，大家都叫他小蔡。结果……有一天，他就被端走了！

笑话 12

一只老母鸡加一只老公鸡，猜 3 个字"两只鸡"；一只老母鸡加一只老公鸡，猜 5 个字。"还是两只鸡"；一只老母鸡加一只老公鸡，猜 7 个字。"笨蛋，就是两只鸡"。

笑话 13

小明：你有没有看过乌龟摇头？康康（摇头）：没有。

小明：那你有没有听过笨蛋说有，白痴说没有，智障不说话的故事？康康：……

笑话 14

一位记者要去北极访问 100 只企鹅。他就问第一只企鹅它平时的兴趣是什么。第一只企鹅说：“吃饭、睡觉、打豆豆。”记者疑惑地问什么是打豆豆啊？那只企鹅没说什么就走了。那位记者想：好吧，不讲就不讲。他又访问第二只企鹅它平时的兴趣是什么。第二只企鹅说：“吃饭、睡觉、打豆豆。”怎么又是打豆豆？记者在心里嘀咕着。接二连三的从访问第一只企鹅到第 99 只企鹅它们平时的兴趣都是“吃饭、睡觉、打豆豆”。直到第 100 只企鹅时。记者问它说你平时的兴趣是什么？第 100 只企鹅说：“吃饭、睡觉。”记者觉得很奇怪，便问它：“你怎么不打豆豆呢？”第 100 只企鹅说：“因为我就是豆豆啊。”

笑话 15

狼、老虎和狮子谁玩游戏一定会被淘汰？狼，因为：桃太郎（淘汰狼）。

笑话 16

从前有只小羊，有天它出去玩，结果碰上了大灰狼。大灰狼说：“我要吃了你!!!”你们猜，怎么了？结果大灰狼就把小羊吃了。

笑话 17

一天，三只小猪为了躲避大灰狼的追赶，而建造了三个小屋。大灰狼不费劲地吹毁了草屋、木屋、砖屋，三只小猪们拼命地跑，但是还是被大灰狼追上了。三只小猪绝望地说：“你看着办吧，我们放弃了，随你怎样。”此时，大灰狼奸笑着，留着口水说：“那快告诉我小红帽在哪里?”

笑话 18

石头和年糕打架，一生气就把年糕踢到大海里了。

笑话 19

从前有个人钓鱼，钓到了只鱿鱼。鱿鱼求他：你放了我吧！那个人说：好的，那么我来考问你几个问题。鱿鱼很开心说：你考吧！然后人就把鱿鱼给烤了。

笑话 20

咖啡杯和水杯一起过马路，这个时候呢，有位老爷爷就大叫“小心哦，现在是红灯。”可是过了一会，咖啡杯顺利地过了马路，可是水杯却被卡车撞得水流如注，请问为什么呢？因为咖啡杯有“耳朵”，水杯没有。

笑话 21

草船中鲁肃说：“这样真的可以借到箭吗？孔明先生?”诸葛亮说：“相信我。”鲁肃说：“可是我还是有些担心……”诸葛亮说：“没必要。”鲁肃说：“可是，你不觉得船里越来越热么？”诸葛亮说：“这么说起来是有一点？有什么不对劲吗？”鲁肃说：“是啊，我担心敌人射的是火箭……”诸葛亮说：“哎！？子敬，你会游泳么？我不会……”

第四节　冷成语解释和脑筋急转弯

冷笑话 1

有一只熊走过来　有备而来（有 BEAR 来）

冷笑话 2

第十一本书　不可思议（BOOK11）

冷笑话 3

哪一种蝙蝠不用休息　不修边幅（不休蝙蝠）

冷笑话 4

和谁交往最辛苦？　莉莉，因为粒粒（莉莉）皆辛苦

冷笑话 5

羊停止了呼吸　扬眉吐气（羊没吐气）

冷笑话 6

手机不可以掉到马桶里　机不可失（湿）

冷笑话 7

狗过了独木桥就不叫了　过目不忘（过木不汪）

冷笑话8

蜜蜂停在日历上　风和日丽（蜂和日历）

冷笑话9

一群人拿鸡蛋砸枪　枪林弹雨（枪淋蛋雨）

冷笑话10

画家喜欢画粗的绳子不喜欢画细的绳子　出神入化（粗绳入画）

冷笑话11

拿筷子吃饭　脍炙人口（筷至人口）

冷笑话12

什么药没有毒？　山药

冷笑话13

有十只羊，九只蹲在羊圈，一只蹲在猪圈　抑扬顿挫（一羊蹲错）

冷笑话14

羊打电话给老鹰，老鹰接起电话说“喂”　阳奉阴违（羊PHONE鹰“喂”）

冷笑话15

帽子脏了要翻面再戴　张冠李戴（脏冠里戴）

冷笑话16

星星有多重？　8克（Starbucks星八克）

冷笑话 17

谁家没有电话？　天衣（天衣无缝 phone）

冷笑话 18

谁最了解鸟类？　惊弓（惊弓之鸟）知鸟

冷笑话 19

为什么公马跑得比母马快？　快马加鞭

冷笑话 20

为什么老师叮嘱我们从小要珍惜四支箭？　光阴似箭（四箭）

冷笑话 21

怎样让鸭子不会飞走？　插一只翅膀给它（插翅难飞）

冷笑话 22

怎样使麻雀安静下来？　压它一下（鸦雀无声）

冷笑话 23

哪一种蛇有很多嘴巴？　七嘴八舌（蛇）

冷笑话 24

喝哪一种果汁最辛苦？　绞尽脑汁

冷笑话 25

为什么汉子不出门？　因为出了门就变成门外汉

冷笑话 26

为什么“七上八下”七在八的上面？　因为八在七的下面

冷笑话 27

哪一种蛇生命力最强？　三寸不烂之舌（蛇）

冷笑话 28

为什么冰山只有一角？　另一角被铁达尼号撞断了

第四章 各种笑话欣赏

第一节 无题笑话

笑话 1

一位弥留之际的男人向妻子立下遗嘱："我死后，但愿你能嫁给我们的邻居埃德先生。"妻子不解，于是他又解释说："两年前，这混蛋卖给我的奶牛根本挤不出奶，我现在也要让他尝尝受骗的滋味！"

笑话 2

爸爸给鱼鱼讲小时候经常挨饿的事。听完，鱼鱼两眼含泪："呃，爸爸，你是因为没饭吃才来我们家的吗？"

笑话 3

三岁的女儿经常对我说："爸爸，是不是种什么就得什么呀？"我说："是的，种瓜得瓜，种豆得豆。"女儿高兴地说："那我种果冻，我要好多果冻。"

笑话 4

两父子性情暴烈，从不让人。一日父命子去买肉待客。

回时在城门遇一人不相让路，对站半日，父跑来："好儿子你拿肉先回，我跟丫接着对站！"

笑话 5

一天，在一辆公共汽车上有很多人，正在售票员买票时，突然一个人放了一个屁，车上的人都感到呼吸不适，纷纷骂着这个不文明的人。

这时售票员大声喊："谁没买票？"

一名乘客答："刚放屁的那个人没买票！"

这时一个人站起来大声嚷："谁说我没买票！"

笑话 6

妈妈叫小双起床："快起床！公鸡都叫好几遍了！"

小双说："公鸡叫和我有什么关系？我又不是母鸡！"

笑话 7

老师：小新，请用"左右为难"来造句。小新：我考试时左右为难。老师：是题目不会答，让你左右为难？小新：不，是左右同学答案不一样，让我左右为难。

笑话 8

丈夫又是一夜未归，妻子再也无法容忍了。一大早，丈夫推门进屋，妻子用一根早已准备好的木棒将他打晕，等他醒来后，抱歉地说："亲爱的，对不起，我忘了你上夜班！"

笑话 9

姐姐："小妹，你在干什么？"

妹妹："我在给我的好朋友达娃写信。"

姐姐："你还没有上学，就会写信吗？"

妹妹："这不要紧，因为达娃也不知道怎么读信。"

笑话 10

一位猎人和妻子、岳母一起到丛林狩猎，走了一整天，当晚就在丛林深处露营。第二天一早，妻子醒来发现母亲不见了，连忙叫醒猎人，一起出去找人。结果在离营地不远的空地上，他们看到触目惊心的一幕：岳母大人和一只凶猛的狮子面对面僵持着。妻子惊慌地问："我们该怎么办？""不用管！"先生答，"这只狮子自己惹到不该惹的人，让它自己想办法解决！"

笑话 11

记者采访熊猫：你这一生有什么愿望吗？熊猫说：两个理想。一是有空去看看中医，治治我的黑眼圈，二就是（声泪俱下）就想照张彩色照片。

笑话 12

一地方要建一游泳池，工作人员动员人们捐款。工作人员对一位老农民说你准备为这个游泳池捐点什么呀？老农民说："我捐两桶水吧！"

笑话 13

小毛：我妈妈是硕士，爸爸是博士。小新：有什么了不起！小毛：你爸妈是什么士？小新：我爸爸是男士，我妈妈是女士。

笑话 14

一只壁虎在一家证券公司门口迷了路，这时正好有一条大鳄鱼远远地爬了过来，准备要一口吃掉它，情急之下，小壁虎上前一把抱住了鳄鱼的腿，大喊一声："妈妈!"大鳄鱼一愣，随即老泪纵横："儿啊，刚炒股半个月就瘦成这样了!"

笑话 15

有两个好朋友，平时形影不离，吃穿用戴也要一模一样，以表示友好，一日，两人来到饭馆吃饭，招待员端来两盘汤摆在他们面前，其中一盘里有只死苍蝇，一人感到很难为情，而另一人却对招待员喊道："怎么两盘汤不一样？我们要一模一样的。"

笑话 16

法律课上教授指定大家读关于公民权利的文章。第二天，教授让汤姆说出 10 项公民权利，汤姆没回答，教授说："好吧，那就说出 5 项吧!"汤姆还是不出声，教授只好无可奈何地说："你只要说出 1 项就算你通过了。"汤姆答道："我有权保持沉默！"

笑话 17

一天 0 跟 8，6 跟 9 在街上相遇，0 不屑地看了 8 一眼说：胖就胖呗，还系什么裤腰带！6 看都不看 9 便说：酷就酷呗，玩什么倒立！

第二节　有题笑话

律师和扒手

问：律师和扒手有什么不同？

答：一旦你死了，扒手就不再盯着你了

你家真穷

你家太穷了。我进你家门时恰好踩灭了一支香烟，你老爸就喊："嘿，谁关了取暖器？"

它离咱们至少半公里远

一对老夫老妻走在路上，恰好一只鸽子飞过，一摊鸽子屎掉在老太太头上。

老太太说："快，快拿张卫生纸来。"

"为什么？现在它离咱们至少半公里远。"

分娩

一个小男孩儿要完成老师留下的作业，写一篇关于

“分娩”的作文。

他问妈妈：“我是怎么被生下来的？”

妈妈有点不自在地说：“亲爱的，祖宗把你带给我们的。”

“哦，那么你和爸爸怎么被生下来的？”

“嗯，祖先生下我们的。”

“好，那爷爷奶奶怎么被生下来的？”

“好了，亲爱的，也是祖先把他们生下来的。”

小男孩儿好像明白了。

几天后，小男孩儿交了作文。老师看了看，第一句话怎么也看不懂。“这篇作文不好写，因为我们家三代人没有一个人是自然分娩出生的。”

女友的最低要求

在夜晚的大学生宿舍经常会有学生夜谈自己心目中的理想对象。

在一个夏夜的晚上，空气闷热异常，某男寝室的男生难以入睡，便谈起了对未来女友的要求。

小杨是一个性格开朗，极受女生欢迎的一个小帅哥，他志得意满的说：“我嘛，就找一个身高一米六，身材苗条的，长得清秀的也就可以了。”

小伍是一个长得不很帅，但是是该校文学社社长，他缓缓地说："我嘛，对女友要求不高，只要和我配，性格温柔，而且要有一头亮丽的长发就可以了。"

小王则是一个没什么文才，也不够帅，但他特会拍马，他叹了一口气说："唉，我对女友的要求最低了，只要她不影响市容就行了。"

最后寝室只有小吴没说了，小吴个子矮小，性格又内向，和女生说话脸会涨得通红。寝室其他三个人不停地鼓励他说，他总不肯，最后小杨不依了："我们都说了，你好歹把你对女友的最低要求说出来吧。"

小吴见实在没办法，涨红着脸缩进被窝，挤出四个字："女的，活的。"

法国人的幽默

各国有各国的文化传统和生活习惯，有一些笑话就常以此为题编出来。有的看了就明白，有的要想一下才能领会。很多法国人风流倜傥，就出过不少笑话：

一位学者试图分析各国的民族性，每个国家挑出二男一女为一组，分别送到无人的岛上生活。数月后，学者来到英国人住的岛上，看见三个人互不相干地各行其是，问其原因，他们答道："你没有替我们介绍呀！"

学者又来到法国人住的岛上，见一个男人在院里整理花木。学者问他，那两个人在哪里？他答道："那女人三个月前是我的情人，从昨天起，她成了他的情人，轮到我整理花木。”

另一个笑话是：一个小男孩报警：“大街上有人打我爸爸!”警察跟着孩子跑去，果然见两人在厮打。警察问：“哪个是你爸爸?”　“我也不知道，他们正是为这事打起来的。”

还有一个：一个万能电脑公司开展览。安格尔教授前往参观。推销员说：“可以提出任何问题，这电脑会给你正确答案。”

教授写下他的问题：“我爸爸在哪里?”

推销员将这句话输入，一会儿答案就出来了：“你爸爸在海上钓鱼。”

“乱讲!”安格尔教授说，“我爸爸已经去世十年了!”

“电脑是不会出错的。”推销员坚持说，“不如你再试试用别种方式问。”

于是安格尔教授再问：“我妈妈的丈夫在哪里?”

电脑回答说：“他去世十年了，但你爸爸在海边钓鱼。”

第三节　说话的艺术

《资谈异语》载：李忠臣耳大，帝谓之曰：“卿耳大，朕耳小，何也?”李对曰：“臣闻驴耳大，龙耳小。”帝曰：“卿之言诚矣。”重加赏之。李忠臣为什么要这样说呢？谁都明白，他在皇上面前必须使皇上高兴。佛印和尚是苏东坡的朋友，有人问他："观音身旁有侍者，为什么自己拿着净瓶？"佛印很幽默，说："求人不如求己。"《古今谭概》记一则：北使李谐至梁，武帝与之游历，偶至放生处，帝问曰："彼国亦放生否？"谐曰："不取，亦不放。"帝惭之。这位李谐也很幽默。还记一则：尚书霍韬，想把一座庙拆了，用那地基盖房子，叫县官把和尚赶走。和尚走时，在墙上写一句："学士家移和尚寺，会元妻卧老僧房。"霍韬见了，一愧而止。这和尚幽默，也讽刺得有趣，一句话把庙救回了。

老百姓的幽默故事也不少。《笑笑录》记一则：有告荒者，官问麦收若干，曰："三分。"又问棉花若干，曰："二分。"又问稻收若干，曰："二分。"官怒曰："有七分年岁，尚捏称荒耶？"对曰："某活一百几十岁矣，实未见如此奇荒。"官问之，曰："某年七十余，长子四十余，次子三十余，合而算之，有一百几十岁。"哄堂大笑。这位告荒者是用归谬的幽默技法对付那位糊涂官，把他堵回去。

有个卖沙锅的，为说明他的锅结实，用棍子边敲边吆喝，夸他的锅坚实好用。不料用劲太大，把锅敲成了两半。他却不慌，像是故意敲碎的，把那锅的碴口指给人看说："您瞧这碴口，多棒！"

众人在座，听有人放屁，都怀疑是某人放的，就都骂他。他不辩解，也笑。大家问他笑什么？他说："我笑那放屁的也跟着骂我。"这也是幽默的辩白办法。

朋友间更会幽默。一个说："你是个笨蛋!"

"我也许真是个笨蛋，问题是：因为我是你的朋友，所以我才是个笨蛋，还是因为我是笨蛋才当上你的朋友?

有人问画家："为什么画家们老是签名在画的右下角呢?"

画家答道："这是为了让看画的人容易记住，以免把画挂倒了。"

因为很多画家画抽象的画，不分上下左右，怎么看都行的。这话里带讥讽。

更有趣的是一语不发的讥讽：一个大商人掉进水里，几乎淹死。恰好一个农夫走过，跳下水把他救上来。商人很感谢，立刻从大钱包里掏出一元钱送给那农夫。农夫接过钱后，马上从口袋里拿出5角钱找给他。

第四节　古代民间幽默

模仿兽叫

楚国的南方有个猎人，会用竹管吹出各种野兽的叫声。

一次，他带好弓箭和罂火（用罐子装着的火）上了山，选好地形后，便吹起竹管来，他先"哟哟"地模仿鹿叫，想招引鹿群，待它们来到后，就打出火光用箭去射它们。

附近的一只山狸听到鹿叫，赶紧跑了过来。那人吓坏了，赶忙吹出老虎的声音去恐吓它，果然山狸逃跑了，但招引来了真正的老虎，猎人吓得弓箭也掉了，危急中又赶紧吹出罴的声音来吓虎，老虎听到罴的吼叫，窜走了，然而罴听到这声音却来寻找它的伙伴。

猎人再也不会别的了，吓得瘫软在地上，罴凶猛地扑过去吃掉了他。

只见金子

齐国有个日夜梦想获得金子的人。一天清晨，他穿戴得整整齐齐，直奔卖金子的店里，见了黄澄澄的金子，伸手夺了就走。

差役逮捕了他，问道："许多人在场，你为什么公开抢夺别人的金子？"

这人回答说："我拿的时候，只看见金子，没看见人。"

杨布打狗

杨布穿着白褂子出去。天下雨了，他脱下外衣，只穿着黑衣衫回家。他的狗以为是陌生人，汪汪乱叫。杨布火了，就要打狗。哥哥杨朱走出来，拉住弟弟说："别打别打，你怎么能怪狗呢？要是让狗出去时一身白毛，回来时变成一身黑毛，恐怕你也一下子认不出来吧。"

学习偷抢

宋国的一个穷人向齐国的一个富人请教致富的办法。富人说："原来我也很贫困。现在日子过得富裕，因为我每天辛辛苦苦偷呀、抢呀。第一年生活就能维持，第二年已吃穿不愁，第三年我家就粟满囤谷满仓了。"穷人听了，也不问清楚他怎样偷抢的，就回到家乡动起手来。每天晚上，他翻墙挖洞，大肆盗窃，家里居然也富足起来。不料官府捉赃将他判罪，连家里原来的破旧什物也统统没收了。这个小偷刑满释放后，跑到齐国把那富人着实埋怨了一顿。富人笑道："唉！你把我的意思误会了。我是抢天的季节，偷地的资源。种庄稼，建房屋，捉野兽，捕鱼虾，我从自然界把它们偷了、抢了，这是光明正大的呀！那些私人的财物，是人们用劳力取得的，只属于他们自己。你去偷抢，当然犯罪了。你怨谁呢？"

用羊换牛

梁惠王坐在大殿上，正好殿下有人牵着一头牛走过。惠王问："将牛牵到哪儿去呀？"

牵牛人答："杀掉它，用它的血涂钟。"

惠王说："放掉它！我不忍心看它那惊恐战栗的样子，像这样没有罪就活活给杀死，多可怜啊！"

牵牛人问："那就不必涂钟了吧？"

惠王忙说："怎么可以不涂钟呢？换只羊杀吧！"

甲鱼口渴

郑县有个叫卜子的人，去市场买了只甲鱼返家。乘船渡过颍水时，见甲鱼萎缩的形状，以为它口渴，便放它到河里喝水，结果，甲鱼连招呼也不打，就溜之大吉了。

画鬼最易

有个人给齐王画画。齐王问他："什么最难画？"

这人说："狗与马。"

齐王又问："画什么东西最容易。"

这人回答说："画鬼。"

齐王说："为什么？"

画家说："狗和马，人人熟悉，天天看见，所以稍有一点不像人们都能看出来；而鬼是无形的东西，谁也没见过，所以画起来就容易了。"

宰相迁钟

齐国有个老臣，几朝为官，见识广博，官至宰相。凡国家大事都要由他定夺。

一天，齐王下令迁都。有只5000斤重的宝钟，估计需500人才能搬动。当时齐国人力缺少，主管人一筹莫展，宰相说："嘻，区区小事，有何难哉？既然这钟需要500人才能搬动，那么可把它凿成500小块，派一个人在500天内搬完就是了。”

主管人茅塞顿开，高高兴兴地照办去了。

晋人好利

晋国有个好贪利的人，一天走到集市去，看到东西就夺过来。

管理集市的人追上来要他付钱，晋人说：“我利欲上升时，两眼昏花，头脑发热，四方的物品好像都是我自己的，根本不知道是属于你的东西呀！你把东西送我，我将来如果富贵了，一定好好地酬谢你！”

管理集市的人用鞭子狠抽了他一顿，夺回东西就离去了。旁人讥笑他，晋人便叉腰骂道：“我只不过是在大白天公开地拿，总比那些千方百计去掠夺人家财物的人光明磊落得多！”

婴儿投江

有人从江边走过，看见一个人正要把婴儿投往江水里，婴儿大哭。行人问他原因，他说：“不要紧的，他父亲擅长游泳。”

复生妙术

鲁国有个名叫公孙绰的人，向别人夸耀说：“我能够起死回生。”

人家便问他有什么神奇的办法，公孙绰答道：“我本来就擅长医治半身偏瘫、半死不活的病人，现在我把 这个方剂的药量加大一倍，不就可以让死人活转过来了吗?”

月偷一鸡

有个人每天偷邻居一只鸡。别人劝诫道：“这不是君子应该做的行为。”

他便说：“那么让我先少偷一些，改为每月偷一只，到明年再停止偷。”

我在晒书

农历六月初七天气炎热，骄阳似火。有个叫郝隆的人脱去衣服，露出肚子，仰睡在太阳光下。

人家问他：“你这是干什么?”

他说：“我在晒肚里的书。”

喜欢“家兄”

晋人鲁褒写文章，把钱称做“家兄”。后来，人们也常用“家兄”来指钱。有个周通判，因为贪污，被降调为县官。才到任，有个小吏便去试探他，铸了个一斤重的银娃娃，置于厅堂的桌子上，然后，走进县官住的屋里说：“家兄在厅堂里，收下后请告知。”周县官闻声出来，没有见人，只见桌上放着个银娃娃，便急忙捧进里屋去。

后来，那小吏因事得罪县官，县官要处决他，他连声哀求道：“请看家兄的面子，饶我一次吧!”

县官说："你家兄也太不明智了，知道我喜欢他，但自从那次去了以后，再也不来和我相见。"

身短袍子长

李恕虽身材短小，但却喜欢长袍子。卢询祖长得肥胖腰粗，裤带却连连告急。李恕笑卢询祖："卢郎腰粗带难应。"

卢应声道："李郎身短袍易长。"

李恕又说："卢郎聪明必不寿。"

卢询祖说："询祖苍苍两鬓，已足以自慰的了。"

吃吞蝇吐肉

夏侯彪生性毒辣。一年夏天，他独自吃肉。手下人很馋，趁他出外送客之际，偷吃了一点。他发现后大怒，就到处捕捉苍蝇，逼手下吃下，说："让你呕吐，还我那肉。"

拿白还红

广州录事参军（官名）柳庆，性贪小刻薄。他独住一室，不论什么小东西都不肯放在屋外，唯恐失去。一次，有个下属，私下里拿了他的一撮盐，他一定要追还。这人没有，被鞭打得鲜血淋漓。柳庆恶狠狠地说："拿白还红。"

煮肉粥吃

晋惠帝在华林园里，听到蛤蟆的叫声，就问身边的人说："这叫喊的东西是官家的，还是百姓私人的呢？"

侍中贾胤回答说："在官地上叫的就是官家的，在私地上叫的就是私人的。"

当时天下闹饥荒，老百姓饿死了许多，晋惠帝听说后说："他们也太无知了，没有粮食，为什么就不能煮肉粥吃呢？"

渐至佳境

顾长康吃甘蔗，总是先吃甘蔗的上端，再慢慢地往下端吃，别人问他为什么这样吃，他说："这就叫渐至佳境。"

乌豆长尾

隋朝时有个愚人，用车装了乌豆到京城去卖。到水边上时，车翻，乌豆也翻到了水中，这人就回家喊人捞豆。

离开后，水边上人就把乌豆全捞走了。等这人回来，河中只有许多蝌蚪在游动。他以为是乌豆，想到水中去捞，蝌蚪见人逃散而去。这人哀叹了好大一会，说："乌豆呀！你不认我，见了我逃走，大概是一时长了尾巴，怕我不认识你吧！"

只管剥皮

隋朝的张荣跟朋友在一起聚会．讲定各自嘲说。

有一人先嘲道："嘲，抽你皮作马鞭梢。"

张荣即续嘲："嘲，剥你皮作被袋。"

旁人问张荣："所嘲为何不同韵？"

张荣说："只管剥皮多少，哪还管它同韵不同韵!"

嘲讽淡酒

隋朝，有人入店饮酒。酒味很淡。那人嘲讽道："酒，何处漫行来，腾腾失却西。"

旁人问："什么么意思?"

他答道："有水在。"

煮熟石榴

隋朝山东的郑元昌，是个有权有势的人，平素喜欢不懂装懂。一天，他参加宴会，高居首席，宴席很丰盛，还有许多水果。他不识石榴，但又不肯放下架子问人，装出内行的样子，连皮啃，只觉得又酸又涩，就对主人说："这个馍馍，好像还未煮熟，你们得把它再煮一煮。"

以经制经

隋朝薛道衡出使南地。有个僧人十分善辩，薛道衡拜见，僧要他在佛堂外诵读经文，并向寺庙礼拜后方可进入佛堂。薛道衡尊重僧道，一一照办。

待他来到佛堂门边时，僧人大声引读《法华经》道："鸠（恶鬼名）荼鬼，今在门外。"

道衡立即应声还对《法华经》之句道："呲舍鬼，乃往其中。"

僧人被折服，对薛道衡再不敢恶语相待。

县令缺齿

唐时，安陵人嘲嬉出名。凡任县令者，没有不被嘲弄的。有个县令新到安陵，只因口无一齿，怕被嘲弄，就训诫下官说：“我早就听说安陵人喜嘲弄，你等不得重复前例，若有发现，定当追究。”众官一口答应。

第一次上堂判案，佐史立于县令身后，见县官挥笔疾书，说：“明府书处甚疾。”县令不知嘲弄，只以为称赞，心中很是快乐。

隔数月，一个与佐史有仇的人告诉县令：“佐史所讲的‘明府书处甚疾’是嘲弄您哪!”

县令不解地问：“有何凭据?”

这人说：“书处甚疾即‘奔墨’，‘奔墨’音变为‘北门’，‘北门’即‘缺后’，‘缺后’音通‘口穴’也，这不是嘲弄您大人无齿吗?”县令才恍然大悟，把佐史鞭打了一顿。

抽筋倒脚

唐时，甘洽与王仙客很要好，常常嬉笑取乐。

一日，甘洽说：“王，你本应是姓田；为你面不正，抽去你两边。”

王仙客笑应道：“甘，你本应姓丹，为你头不曲，倒脚向上披!”

反讥和尚

唐时，有个和尚叫法轨，长得丑陋短小。某日，在寺庙前宣讲僧经。有个叫李荣的人，前去跟他辩说。

法轨和尚高坐于台上，见李荣不施礼就辩，诵诗说："姓李应须李（礼），名荣又不荣。"

李荣应声反讥："身材三尺半，头毛还未生。"

只问刀子

唐时，崔行功与敬播行路，敬播腰佩着棕榈木柄的刀子，走得较慢。

行功问："这是什么木？"

播说："棕榈木。"

行功说："我只问刀子，不是问谁佩的。"（嘲讥敬播像木头一样。）

官躲贼兵

唐时，有一年贼兵犯境，把定州城包围了。州官孙彦高吓得魂不附体，急急关照手下封闭州衙，躲在家里，前后门都上了栓，遇有紧要公文，只从一个小窗口里递进递出，不几天，贼兵攻上城头，孙彦高闻报，慌忙钻进衣柜里，然后命令管家："给我牢牢锁上柜门，贼兵若是打进来，你可千万要记住，说什么也别给他钥匙！"

留了一手

隋末有个叫昝君漠的人很会射箭。即使闭上眼睛也能射个百发百中，丝毫不偏。有个叫王灵智的人跟他学射箭，自以为已经把他的高超技巧尽数学到，就想射死师傅，独享善射的荣誉。

那天，昝君漠拿了一把刀，把王灵智射来的箭尽数砍断。只有一枝箭，昝君漠不是用刀砍，而是用牙咬住了箭头，笑着说："你跟我学射 3 年，我还没有把这种'啮镞法'传授给你呢。"

八拓将军

李元婴做降州刺史时，多有骄纵失度的行为，参军裴聿几次劝谏，李元婴大为光火，令左右用竹板抽打裴聿。后来裴聿入京述职，把事情统统告诉了皇帝。皇上问裴聿："你被打了几板?"

裴聿说："前后总共八下!"

皇上立即赐令迁升裴聿八阶为六品官。裴聿回隆州后，叹息说："我命真薄哪！若是多说一板，不就升入五品了吗?"

听者大笑，都戏称裴聿为"八拓将军"。

动甬剥衣

北齐高祖的姐夫尉景仗势欺人，贪污受贿，民愤极大，高祖派宫殿演员石动甬去讽劝他。

一天，石动甬见了尉景，二话没说就去剥尉景的衣服。尉景莫名其妙地问：“你干吗要剥我的衣服？”石动甬答：“你能够剥百姓的，难道我就不能来剥你吗？”

高祖认为石动甬说得有理，就劝尉景说：“可不要再贪污了！”

金佛出土

有个叫白铁余的人，专靠骗人混日。

一次，他在村外山脚下的一棵老松树下，埋了一个小铜佛，一年多后，埋佛处杂草丛生。他便神秘地跟乡人说：“昨晚我从城里回来，路过村东的昌瑞山，见山脚下有片地方烁烁放光，可能是佛光吧？”

乡人很惊奇，当晚便相约一起去看。离山脚老远，白铁余就指着前方说：“你们看那不是一团黄光！”众人顺着他的手看去，什么也没见，白铁余故弄玄虚地仍说有，众人揉痛眼睛也不见黄光。走到近处，只见遍地野草，白铁余越说越玄乎：“这么亮的光，耀得我都睁不开眼啦，你们怎么看不见？好啦，好啦，既然大家都看不见，那就算我瞎说，咱们回去吧。”众人见他一本正经，便都疑惑自己是肉眼凡胎，看不见佛光。

第二天，白家就张灯结彩，庆贺见到佛光，并择定良辰吉日去请佛。

几天后，他果然带人到山脚下，挖出了铜佛。众人一见“神佛”，都敬拜于地。此后，周围百里的乡人都来白家烧香、许愿。白铁余故意用不同颜色的绫子，把铜佛包了个里三层外三层，每天人多时开始揭包，每揭开一层，便要求施一回钱财。这样，就发了大财。

狡黠的鼠

苏子夜坐休息，有只老鼠在咬东西。他一拍床板，咬声即停，但不一会儿又咬起来。苏子叫童子拿蜡烛来照一照，发现咬声来自一只空口袋内。原来是老鼠被关在口袋里走不脱的缘故。打开口袋一看，却只发现一只死老鼠，童子吃惊地说：“刚才还咬东西，怎么会突然死了呢，不会是鬼发出的声音吧？”说毕就翻过口袋把它倒了出来，老鼠一落地就窜走了。苏子感叹地说：“狡猾者往往能绝处逢生啊！”

门神劝架

桃符（旧时元旦用桃木板书写神名以驱邪）仰面看着艾人（旧时端午节用艾草扎的人以消邪气）骂道：“你是何等草芥，竟敢居于我之上？”

艾人屈身向下答道：“你都已半截入土了（从元旦到五月初五，约近半年，故称活过一半），还有脸同我争上位和下位吗?”

桃符大怒，和艾人争辩不休。门神劝解道：“我们这等人，现都在依附着人家的门户过日子，还有什么时间争闲气呀!”

声从何来

甲问乙：“木撞击铜钟而发出声音，这声音是木头发出的，还是铜发的呢?”

乙说：“当然是铜发出的，如果你用撞木敲打矮墙就不会发声。”甲说：“不一定，用撞木敲打聚积的铜钱，就发不出声音。”乙不服又说：“钟为虚空物，铜钱为实心物，准确说，声音发自虚空之物当中。”甲反驳说：“用木头或者泥巴做成的钟，也能发声吗?”两人争个不休，一直到喉咙嘶哑，发不出声音为止。

趣说靴价

宰相冯道与和凝同在中书省任职，一天，和凝问冯道说：“您的靴子是新买的吧，价钱多少?”

冯道抬起左脚给和凝看靴子，说：“九百。”

和凝性急，马上瞪着吏役说：“我的靴子怎么要花一千八百?”于是就责骂了好一阵子。

这时冯道又不慌不忙地抬起右脚对和凝说，“还有这只也值几百哩。”于是哄堂大笑。

面似靴皮

北宋初年，田元均任三司使，主管财赋，因此权贵子弟、亲戚熟人来请他办事的人很多。他非常讨厌，但也不想抹下脸来严词拒绝，常常和颜悦色地装出一副笑脸来打发那些人。一次，他对别人说："充任三司使这些年来，强作笑颜的情况太多了，简直笑得我的脸上皱纹像靴皮一样。"

吃香吃粪

宋时三班院所统属的特派官员有 8 000 多人在外地工作。每年乾元节时，他们总要集资来给和尚布施饭食和进香，共同为皇上祝寿，这些凑起来的钱称为"香钱"。主管三班院的大官，常常利用多下来的钱作为伙食费。群牧司的副判官统领宫内外各种作坊的工作，比其他司官员的薪俸要丰厚得多，每年卖马粪收来的钱又很多，也用来作为大家的开支。因此，当时京城中取笑他们说："三班吃香，群牧吃粪。"

清酒变浑

南宋时，苏州有个姓王的行政长官，刚上任，还比较清廉，日子一久就见钱眼开了。他把自酿的酒叫做"彻底清"。

一次宴会，有位世人端来一杯酒说："这酒名叫'彻底清’。”

说完故意把杯盖揭开，另一位艺人见是杯浑酒，便嘲笑他说：“‘彻底清’怎么这么浑啊!”

艺人瞟了一眼坐在席上的王长官，抬高声音答道：“本来是‘彻底清’的，被钱打浑了!”

搜刮地皮

五代时，魏王徐知训在宣州做官，苛捐杂税无数，百姓叫苦连天。一天，徐知训去见皇上，皇上赐宴，并叫内廷演戏。艺人们听说徐是贪官，便有意扮演一个穿绿袍、戴假面具、形状像鬼怪的角色走上场来，自称道：“我是宣州的土地菩萨。魏王徐知训在我们那儿搜刮民脂，今天他来见皇上，把地皮都搜刮起来，所以我们也就跟随他到这里来了。”

美女丑夫

宋徽宗声和年间，毗陵有个成郎中，满脸胡须，其貌不扬。岳母对他说：“我女美如菩萨，却嫁了你这个麻胡。”命成郎中以此为题写诗。

成郎中作打油诗：“一床两好世间无，好女如何得好夫？高卷朱帘明点烛，试教菩萨看麻胡。”

只有一瓶

有人作客，十分嗜酒，喝了一瓶又一瓶，还嚷着要喝。

主人笑道："我来讲个故事，有个客贩卖瓷器，忽然撞见老虎张开血盆大口扑将过来，那人慌忙将一只瓷瓶投去，那虎不退，又投一瓶，又不退。一担瓷瓶投剩一只了，那人高声叫道：'畜生畜生，你走也是这一瓶，不走也只是这一瓶！'"

呆鸟不飞

有个客人久住不走，主人十分讨厌他。一天，引客人到门前闲望，忽见树上有只鸟大如鸡，主人说："我去取斧砍倒树，捉这鸟给你下饭。"

客人说："只恐怕树倒时鸟飞了。"

主人说："你不知这呆鸟，往往树倒了也不知飞呢！"

大王百岁

钱大王一天做梦后，对侍臣说："我昨天梦见一个地方，有死狗一只，钵中盛鳖数个，庭下长有柏树一棵，后来，这柏树被雷击碎，不知此梦是凶是吉？"

侍臣说："大王您一定能活到100岁！"

钱大王问："你怎会知道？"

侍臣说："死狗者，死狗（与"四九"谐音）三十六；钵中鳖（钵、鳖都与"八"音近）鳖钵六十四。两数相加恰好是100。庭中柏树（与"百岁"谐音），100岁也。"大王笑口不合。旁人也为这巧说而发笑。

不肯离开

有个人到岳父家住了很长时间仍不想回家，岳父又不便赶他走。一日，岳父说："女婿啊，家中禽畜都已杀尽吃光，没有什么好东西来款待你了，只请女婿不要责怪。"

女婿说："岳父大人不要烦恼，我来时见一群鹿在村外不远处的那座山坡上，长得都很肥，只要去捉来，烤烤吃也能吃许多天。"

岳父说："你来时在那里，现在已一个多月过去，鹿肯定早就离开了。"

女婿说："不会的，那地方有好吃的东西，它还肯离开吗!"

借事逐客

某人作客，久饮不去，主人无奈，只好讲个故事给他听："有人养了一只虎，毛纹十分好看。主人就每天拿谷子给它吃，虎不吃，就拿米喂它，虎还是不吃，又拿饭喂它，也不吃。忽有一小孩路过，被它一口吃了，又有一大人走过，虎把他连衣服都吃了。主人便大骂道，'畜主，放着许多东西你不吃，原来你吃人没个饱的时候!'"

说谎的兄弟

从前有一对人人厌恶的说谎兄弟。

一次，兄对弟说："你我得跳下清水河中，洗去谎言，才能做人。”于是哥哥暗里在怀中揣上一片牛肉后，先跳入水中，不大工夫，爬上岸来，嘴里嚼着什么。

弟弟问道：“哥哥，你吃什么呀？”

哥哥道：“我刚才到了水府，正碰上龙王设宴做寿，赏我一片牛脯。”

弟弟赶紧投入水中，不想碰在石上，碰得头破血流。哥哥问什么缘故，弟弟告诉他说，“你饱我受苦，冤我偷牛脯；说谎招恶报，当头劈一斧。”

瞧这三个兄弟

从前有弟兄三人，常闹别扭。一天，老大说：“我们是同胞兄弟，整天吵吵闹闹也对不起死去的父母，还要伤神惹气，太划不来了。”

两个弟弟都说：“对，对，兄弟间最亲，从今以后我们要和睦相处，只能补台，不能拆台，谁要是再故意扭着劲儿，就罚他请客！”

转天早晨，老大说，“你们知道吗？昨晚，街东头那口水井，让西头人给偷去了。”

“没——”老二刚要说：“没那事！”忽然想起昨天的商定，赶紧改口说：“没错儿！怨不得半夜我听街上‘唏哩哗啦’一个劲地响，开始我还当是发大水，后来才听出是偷井的。”

老三把脖子一梗说：“纯粹胡诌列！井会让人偷去?”老大说：“你看，又闹别扭了！请客！”老三只好回屋取钱。妻子听说后，让老三赶紧上炕蒙被，由她去送钱。见了老大说：“大哥啊，你三弟回屋就闹肚子疼，竟生下个小孩来，他正坐月子，我替他把钱送来了。”

老大说，“弟媳怎么也胡说起来，男人哪有生孩子的?”

三弟媳说，“大哥，你也闹别扭了，干脆谁也别请谁了，两顶了吧!”

历来的规矩

郎中（官名）杨叔贤，听说有新太守走马上任了，就叫乐队奏乐欢迎。

颂诗唱道：“为了酬报官吏，民众需要大大庆贺，因为灾星走了，福星来了!”新太守大喜，问这首“颂诗”是谁作的，乐队们回答：“这是本州历来的老规矩，只此一首!”

富家拉郎

有个显贵豪富人家，独生女儿长得奇丑无比，嫁不出去，就张榜纳婿，如有好男儿来看榜就抢进去成亲。

一个风度仪态都很出众的男子来看榜，即被富户相中，就命家仆数人半拥半抢入府中。这男子显得很高兴的样子。片刻后，有个穿金边紫服的贵夫人从内厅出来说，“我家独女，长得也不错，愿意许配给君子你，你如果答应，将会有享不尽的荣华富贵。”

男子客气地鞠躬谢礼，说：“我，微贱之人，能够寄身于你显贵之家，太荣幸了。只是你女儿许配我之事，要让我回家去，跟妻子商量了才能决定。”听者哄然大笑而去。

猩猩食酒

四川封溪有一种猩猩，能模仿人语，尤爱喝酒，醉后就穿上木屐，手舞足蹈地跳起来。当地猎人就在猩猩出没处盛上美酒和木屐引诱。

猩猩走到酒坛边，说：“哈哈，想来算计我们，休想!”转头离去了。可没多时又都折回来，望着酒坛流口水，一只猩猩说：“我看周围没有人，咱们过去尝尝，少喝点，不会有问题。”其他猩猩随声附和。来到坛边，先是用爪子蘸着尝尝，后来索性扳倒坛子大喝起来，不一会工夫都醉得跳起舞来，最后东倒西歪醉倒，尽遭捕捉。

皆争上位

眉毛、眼睛、嘴巴、鼻子四种器官，都有了神灵。

一天，嘴对鼻子说：“你有什么本事，竟然凌驾于我的上方?”

鼻子说，“我能辨别香臭，然后你才可以去吃，所以我的位置该在你之上。”鼻子又对眼睛说：“你有什么本领，竟在我之上?”

眼睛说："我能观察四面八方，功劳不小，当然应该在你上方。"

鼻子又说："如果是这样，那么眉毛有什么能力，也处在咱们的上方。"

眉毛说："我也不了解自己怎么争来了这么个位置，只是我如果摆在眼睛、鼻子底下，不知你们这样一张脸皮该往哪儿放?!"

妇人三威

任环特别怕妻子。一次，社正伦跟他开玩笑说："女人有三威，岂能不怕。初娶时，女人端庄严肃活像菩萨，难道有人不怕菩萨吗？待生了儿女后，女人就像供养在家中的老虎，更有谁不怕老虎吗？等年纪大了，面皮皱得像鸠盘荼鬼，人会不怕鬼吗？"

慢性子人

有个慢性子人，和朋友围着火盆烤火。

他看到朋友的衣角被炉火烧着了，慢吞吞地说："有件事，我早看到了，想告诉你，又怕你性子急；不告诉你呢，又恐怕你受损失。你看，我是告诉你呢，还是不告诉你？"

朋友问："什么事呀？"

他答道："你的衣服烧起来了。"

朋友一看，衣裳已烧了许多，一边扑火，一边怒气冲冲地说："你为什么不早说？"

慢性子说："我说你性子急，果然不错。"

好占便宜

有一人说话好占便宜，一次，他对别人说："我俩在一起时谁也不要沾谁的光，我盖你被，你铺我毡。你若有钱共相使，我若无钱使你钱。上山时你扶我脚，下山时我扶你肩。定知我死在你后，多应你死在我前。"

趣行酒令

某村有个习俗，在本村娶媳妇宴席的最后要行令。

一次，有个秀才、曹吏、医生、巫者在一起行酒令，决定以自己的事务联句。

曹吏抢先第一说："每日排衙次第立。"

医生接着说："药有温凉寒燥湿。"

秀才说："深夜娘子早梳妆。"

巫者想来想去，总无妙句，慌急之中突然闪出一句："太上老君急急急。"

杀生妙计

有个行善者，从不肯杀生，就是扫地也要避开蚂蚁。有一回他在河边捉到一只甲鱼，听说甲鱼味很鲜美，就想吃它可又不忍自己杀生。想来想去，终于想出个两全其美之计。

大善人烧好一锅开水，在锅上架了一根细竹竿。然后一本正经地说："可爱的甲鱼，人们都说你会爬竿，比猴子还灵巧，就让我开开眼界吧。你如果爬过去，我就放了你。"甲鱼明知善人要杀害它，但仍抱着一线希望，因此抖擞精神，使出全身解数，小心地爬了过去。这一来，出乎大善人所料，他急忙改口说："果然名不虚传！只是我刚才没看清，请你再来一回吧！"

五大祸害

某士人和某富翁作邻居，羡慕邻家生活富裕。

一日，他穿戴整齐后，去向邻居请教致富之道。富翁说："这是神圣的事，得先戒斋三日。"

士人按富翁说的去做，几日后再次谒见，富翁摆设了高几，接受对方请求拜师的礼物，而后请士人进屋说："大概说来. 求富的道理，应当首先革除五大祸害，若不革除，富贵是不可能求得的。"

士人急迫地问五大祸害的名目。富翁说："就是世界上所谓的仁、义、礼、智、信。"士人掩口暗笑而离去。

蛇黄和牛黄

阴曹开庭，蛇因咬死了人，牛因触死了人都被处死刑，但它们都分辩说，曾用蛇黄、牛黄立过功，救活过人，因此被免除死罪。

过不久，地狱官吏又拉上一个杀人犯，那人慌里慌张地也说自己身上有黄，阴曹官吏责问道：“蛇黄、牛黄都可入药，这是天下所知的事。你是个人，有什么黄呢?”

这人狼狈极了，说道：“我没有别的黄，只是有些羞愧凄惶。”

发抖

某人生长在富贵之家，花钱买了个五品官，但不知民间疾苦。一年冬天，他外出巡视。见一乞丐站在寒风中发抖。他觉得很奇怪，就问随从：“这个人身子怎么老是在动弹?”随从道：“因为天冷衣薄而发抖。”

此人更觉奇怪，说：“难道抖抖就不冷了吗?”

傻瓜

一个富翁买了桶酒，在桶盖上贴了封条。他的仆人在桶底上钻了个洞，每天偷酒喝。富翁发现封条完整无缺，可是酒一天天减少，惊奇不已。有人建议他检查一下桶底，看看是否有破绽，富翁答道：“你真是个傻瓜，是上面的酒少了，下面的酒一点儿也没少。”

只斟半杯

有个人应请赴宴，主人斟酒时，每次只斟半杯。那人便对主人说：“府上有把锯子，请借我一用。”

主人问道：“借来何用?”

客人指着酒杯说："这酒杯上半截既然盛不得酒，就该锯去，留着有什么用？"

合资酿酒

两个朋友准备合资酿酒，甲对乙说："你出米，我出水。"

乙说："米可以由我来出，酿成酒后，怎么分利呢？"甲说："我决不让你吃亏，出酒后，我只要水，其余的都归你。"

岂不更快

有一人奉命去送紧急公文，上司特别地给了他一匹快马。但他却只是跟在马的后面跑。路人问他："既然如此紧急，为什么不骑马？"

他说："六只脚一起走，岂不比四只脚快？"

甘愿一死

有个皇帝最爱弹琴，可他弹得实在蹩脚，满朝文武和后妃都不堪忍受他的琴声。皇帝找遍整个宫廷，竟找不到一个知音。

他传旨从监狱里拉来一个死囚。皇帝许诺说："只要你说寡人的琴弹得好，朕可免你一死。"不料，皇帝的琴刚刚弹了一半，死囚叫道："陛下，求求您别弹了，我甘愿一死！"

拾了草绳

某人犯了偷窃罪，被官府锁上枷锁示众。有人问他："犯了什么大罪？"

他长叹道："一个人倒起霉来，走路都撞板。昨天我偶然见到街上有条草绳，心想以后会有用，便随手拾起来。"

问者道："拾了一条草绳也判这么重？"

只听犯人继续说："哪知草绳那端，还绑着一头牛呐！"

盐豆家当

一位富商非常吝啬。他把盐腌的豆子放进瓶里，每次吃饭时就用筷子夹几粒下饭。这天他正在吃饭，忽然，有人告诉他："您儿子正在饭店里大鱼大肉吃饭呢！"

富商听了，骂道："我辛辛苦苦地为谁节省呢？"然后把瓶子里的盐豆倒出一把，全塞进嘴里，边嚼边说："我也败败家吧！"

秃字

一个秀才遇见一个和尚，秀才想出和尚的丑，便问和尚："师傅，秃驴的秃字怎么写？"

和尚说："就是秀才的秀字，屁股略为弯弯掉转就是了。"

斋蚊子

一和尚要用血斋蚊子。当蚊子很多时，和尚痛痒难忍，于是用手左右乱打。在旁的人间："你要喂蚊子，怎么又动手打它们?"

和尚说："它们吃过了又吃，所以要打它们。"

秀才的故事

一秀才带书童赶考。途中帽子掉了。书童说：帽子落地（第）了。秀才忙说：不准说落地，要说及地。

书童帮秀才把帽子捡起来牢牢系在秀才头上，然后说：这次再也不会及地了。

歪诗

从前有个秀才号"西坡"，每每以苏轼自诩。时值大旱，太守设香案求雨，命其作诗一首，以记此盛况。

秀才作诗曰："太守祈雨泽，万民感恩德。昨夜推窗看，见月。"

太守大怒，将其发配云阳。

其舅送之。分别，秀才见舅瞎一目，于是赠诗："发配到云阳，见舅如见娘。岍人齐下泪，三行"。

至配所，官喜其诗，指夫人为题，令其吟涛。秀才曰："环佩叮当响，夫人出后堂。三寸小金莲，横量。"

官恼，令其自嘲。秀才乃长叹一声："古人号东坡，我今号西坡。若将两人比，差多"。

爬到屋顶上打

小和尚在空中又挥又打，闹得不可开交。终于，惊动了老和尚。老和尚喝问道："三更半夜不睡觉，你在搞什么鬼?"

小和尚诚惶诚恐鼓起勇气回答："师傅，我想要天上的星星，可是，不管我怎么努力地挥打，始终就是打不下来。"

老和尚一听顿时火冒三丈，破口大骂道："你这个大笨蛋，连这么简单的问题也不知道，真是蠢的不可原谅。站在那种地方怎么打得到。你不会爬到屋顶上!"

拉肚子

从前有一个人，他拉肚子已经很久了，旁边的阿三告诉他一个偏方：用粪车的竹条熬水喝。这个人回去试了一下，但是拉得更厉害了。他去找阿三，阿三叹了口气说道："那么大的一车粪，竹条都能挡着，却挡不着你那一点，唉。我也就没有办法了。"

里面吃

有客人来访，谈至中午，主人借故进里屋吃了饭，出来后没事一样有说有笑。

客人心里明白，抬头望着屋梁。说："上面被虫子蛀得很厉害。"

“我怎么看不出来?”客人道：“当然了，他在里面吃的!”

有备无患

从前有一个人，天天找不到什么事做，就只知道找些事情难别人、给人惹麻烦之类的。

有一天，他又到外面去逛，走路故意一晃一晃。这时远处有一个正在耕田的农民狠狠地给了牛一鞭子，骂道：“没用的东西，走路东倒西歪的，成什么样子。”

这个人听了，心想：“这不是明着骂我吗？哼，我一定要把你骂个狗血淋头。”他怒气冲冲地走到农民面前，正要发火，却看到农民从地上捡起一块泥巴就往牛屁股里塞，他忍不住笑了起来，问道：“喂，你这是干什么啊?”那个农民嘿嘿一笑，说道：“我早知道它要拉稀，就先捡块泥巴把它屁股堵着!”

一毛不拔

一猴子对主人说：“我不想当猴子了，想当人。”

主人说：“你要当人，须把全身的毛拔了。”猴子说：“行。”主人拿来镊子来拔，刚拔一根，猴子就疼得嗷嗷直叫，就不愿再拔了。

主人说：“你一毛都不肯拔，如何能够做人!”

牛皮先生

从前有个牛皮先生，自以为很会说，他听说邻村有一个种田的比他还会说，当众夸下海口，说："哼，说赢他，只要半张嘴就行了。"

第二天，牛皮先生就去找那个种田的，并故意把嘴用纸糊了一半，正好碰到种田人的孩子，便问："你爹呢？"

小孩说道："我爹耕田去了。"

"到哪里耕田？"

"锅沿上。"

"那耕什么田啊？"

"耕锅巴！"

"嘻嘻。"牛皮先生感到好笑说："那不怕牛屎掉进锅里去吗？"

"不要紧，牛屁股用纸糊着呢。"

牛皮先生听后，气昏过去了。

断了老弦

从前有个人，不学无术，却爱装文雅。有一天，有个人告诉他最近断弦了，他不懂得什么是断弦，只得附和着。那人观其脸色，便说："女人死了。"

过了几日，这个人的母亲不幸病故了。别人见他身着孝服，问他："怎么了？"

他文质彬彬地回答说："断弦了。"

人家说："断弦？你怎么穿起孝服来了？"

他想了一下说道："我断了老弦！"

喝水

一农夫，约半个文盲。一天烈日当头，他进城来，走得口干舌燥，想找一卖水处，忽然看见一店前挂一匾额，上写：清水池。本应是一个澡堂，可他只认识中间一字：水。就认定是卖水之处，非让跑堂端水来。掌柜的拗不过他，就让人端出一碗洗澡水来。此人哪里管得了味道，咕咚几口就喝了下去。谢过之后便离去，却把蒲扇丢在柜台上，掌柜的看见后就跑上前送给他。此农夫非常感激，就说："掌柜的，你那茶还是赶快卖吧，已经有点馊了。"

好静

一人极好静，而所居介于铜铁匠之间，朝夕恬耳，苦之，常曰："此两家若有迁居之日，我愿做东款谢。"

一日，二匠忽并至曰："我等且迁矣，足下素许作东，特来叩领。"

问其期日，曰："只在明日。"其人大喜，遂盛款之，酒后问曰："汝而二家迁往何处？"

二匠曰："我迁在他屋里，他迁在我屋里。"

红烧牛头

有个人爱吃红烧牛头。信佛者劝他说："你若活着的时候吃牛头，死后牛会跟你算账的！"这人笑笑，依然如故。

一天夜里，梦见自己死了，被鬼卒拘到阴曹地府。地府的官衙里，都是些牛头马面之类的怪物列于堂上。碰巧有个牛头鬼站在他旁边，他不但不惧怕，反而伸手去摸牛头鬼的脑袋，乐滋滋地说："哈，这么肥的牛头，最适合红烧啦！"牛头一听吓坏了，只好苦笑着把他又送回阳间。

丞相草书

张丞相喜欢写草体字，但又写得不合体统，别人讥笑他，丞相却不以为然。一天，他突然想到了名句，便要来纸墨奋笔疾书，满纸的草字龙飞凤舞。过后让他的侄儿把诗句抄录下来，抄至笔画怪异之处，侄儿看不出，就捧着稿子去询问他。张丞相仔细辨认了很久，连自己也不认识，就责骂侄儿说："你为什么不早些来问？以至我也忘记了。"

拜堂产儿

有新妇拜堂，即产下一儿，婆愧甚，急取藏之。新妇曰："早知婆这等爱惜，快叫人把家中阿大、阿二都领了来罢。"

稀胡子

一稀胡子要相面，相士云："尊相虽不大富，亦不到贫。”胡者云：“何以见得？”相士曰：“看公之须，比上不足，比下有余。”

家属

官坐堂，众后中有撒一响屁，官即叫：“拿来！”

隶禀曰：“老爷，屁是一阵风，吹散没影踪，叫小的如何拿得？”

官怒云：“为何徇情卖放，定要拿到。”

隶无奈，只得取干屎回报：“禀老爷，正犯是走了，拿得家属在此。”

接待者

古时候宴请宾客，门口有接待者，口齿十分伶俐。

第一位客人来了，他问：“先生怎么来的？”

客人答道：“骑马来的。”

接待者恭维道：“啊！威武得很！”

第二位客人来了，说：“坐轿来的。”

接待者一脸尊敬的模样：“啊！堂皇得很！”

第三位客人来了，说：“乘船来的。”

接待者立刻换了一副风雅的面孔：“啊！潇洒得很！”

轮到一位听了三次精彩寒暄的客人，他想难一难接待者，大声说道：“我爬来的。”

不料接待者不假思索地答道：“啊！稳当得很！”

最后一个客人说："我是滚来的。"

接待者毫不犹豫："啊！周到得很！"

超级健忘

话说古时有一超级健忘男子，骑着马、带着弓箭出外行猎。忽觉腹痛，想解大便。就把马绑在树旁，把弓箭插在地上，躲到草丛方便去了。

等他方便完出来，看到插在地上的箭，吃了一惊说："居然有人放冷箭！幸好没射到我。"

接着看到绑在树旁的马，笑着说："居然有人笨到把马丢在这里，哈，不牵白不牵。"

待他牵马过草丛时，不小心踩到自己拉的屎，气急败坏地骂道："是那个不要脸的家伙，居然在这里拉屎！"

两材并一材

从前有一个秀才喜欢舞文弄墨。一天，他看见有一位老农夫手里拿着一个大篮一个小篮，便说："大篮也是篮，小篮也是篮，小篮放在大篮里，两篮并一篮。"

老农夫听见了不知如何应对，此时，有一个出殡的队伍来了，老农夫便说："秀才也是才，棺材也是材，秀才放在棺材里，两材并一材。"

禁口

有四个人去找一位老和尚，希望他能收他们做徒弟。

但老和尚说有一个条件：必须通过“禁口”的考验，测验方式就是从山洞的入口走到出口如果一个字都没说，就算通过。于是那四个人手持蜡烛从山洞入口开始走，就当他们快到出口的时候，吹来了一阵风，把走在第一位的烛火吹熄了。

“啊！熄了。”第一位叹道。

“师父不是叫我们不能说话吗?”

第二位连忙提醒他。

“叫你别说你又说!”第三位赶紧纠正。

“还好！我没说。”第四位松口气说。

比较吝啬

一天，某甲、某乙两人为了比较谁吝啬聚在一起讨论。

甲：“我都把咸蛋切成六块，一餐配一块，可以吃两天。”乙：“那算什么？我都在咸蛋上戳一个洞，要吃饭的时！候把筷子往里面沾一下，就可以吃一餐饭了。”

甲自然认输了。

过了几天，甲乙听说另有一高人丙更吝啬，就相约一起去请教。

走着走着快到啦，突然听到里面大叫：“不孝子，竟然多看一眼！你咸死算啦!”

走近一看，看到丙的家里用一根绳子钓一根咸菜在天花板，看一下得扒一大口饭。那小孩多看了一下就被骂了。

文盲的家信

有一位少爷爱乱用关联词，一次写信要说明几件事：家里新雇了一个账房先生，猪肉大涨价，邻居有人得瘟疫死了，嫂嫂怀孕。家人拆信后但见："邻家死一人，其肉涨至百十千文，新雇账房先生一名，所以嫂嫂有孕。"家人急回信曰："家丑不可外扬，人肉岂能乱买？"

一个传统笑话

有个财主，目不识丁，出了两千两买了个知县。他到任半年，上司来县巡视。上司问："贵地风土如何？"

财主答道："大人，没有大风，也不见灰尘。"

上司又问："百姓如何？"

财主又回答说"哎呀大人，白杏不多，黄杏倒是不少？"

上司见他答非所问，忍不住发火了："我是问你黎庶。"

财主急忙回答："梨树多少，还没有查访，但梨子足够大人吃的。"

上司听后大怒，说："什么杏树、梨树？我指的是你的小民！"

财主听了，连忙恭恭敬敬的站起来："小名猪娃。"

下不得刀

庙前来了个剃头师傅，一班和尚都很高兴，一个小师弟首先跑去剃头，谁知师傅也是刚刚出徒，手艺欠火候，没剃几下就割了几条血口子，小和尚正想发火，剃头师傅却先说道："您的头太嫩，下不得刀，等过些时候长结实了我再给您剃。"

和尚煮虾

有个和尚偷偷地买来虾子煮了吃。他看见虾在锅里乱跳，于是连忙双手合十，低声对虾说："阿弥陀佛，忍耐些忍耐些，一会儿焙熟了，就不痛了。"

刘大请客

刘大不善说话，常得罪人。他五十岁生日那天，特地邀请了张三、李四、王五和赵六聚会。快开饭了，赵六还没到。刘大懊恼地说："该来的不来。"张三听了，心想：我可能是不该来的，于是就走了。

刘大一看张三走了，着急地说："哎，不该走的又走了。"李四听了这话，很不是滋味，心想：看来我是该走的。于是，也立即走了。

刘大见李四也走了，摇了摇头对王五说："我又不是讲他。"王五想：你不是讲他，那一定是讲我了。于是也起身走了。

刘大呆呆地望着一桌酒菜，心里纳闷："我说什么了，怎么都走了?"

喜欢老虎

从前，有个老和尚一心想培养一个虔诚的小和尚。便抱了一个婴儿抚养，从小教他吃斋念佛，不让他接触尘世，以免受到世俗的影响。小和尚这年十六岁了，能背诵各种佛经，老和尚自以为培养了一个虔诚的弟子，十分高兴。这一天，镇上有户人家做佛事，老和尚想锻炼一下小和尚，便带着他下山到镇上去。

小和尚从没下过山，从没见过这么多人，更没见过这么热闹的市场，简直有点眼花缭乱。忽然小和尚停住了脚步，两眼直盯盯地看着一位姑娘。

老和尚忙念到："阿弥陀佛!"拉了一下小和尚。

小和尚指着姑娘问："这是什么?"

老和尚骗他说："是老虎。"

回山的路上，他们看到了一只真老虎，小和尚又问："这是什么?"

老和尚说："是姑娘。"

回到庙里，老和尚为了试试小和尚是否真的脱了凡心，就问小和尚："你今天下了一次山，告诉我，你最喜欢什么?"

小和尚说："喜欢'老虎'。"

死错了人

一个人的亲家母死了，他托一秀才写一篇祭文。秀才从一本文集中抄了一篇给他，他一看，却是一篇祭亲家翁的文章，就对秀才说："错了。"

秀才说："怎么会错呢，这篇文章是从书上抄下来的，一字不错，是不是他家死错了人？"

科举考试

有一个人参加科举考试，发榜之日，他叫弟弟去看看中了没有。弟弟到那儿一看，榜上有哥哥的名字，便一直站在榜下，两眼死死盯着哥哥的大名，到天黑也不离开。哥哥觉得奇怪，便来找他，只见他仍然仰着脸儿盯着那个名字。哥哥问他为什么要这样，他说："天下同名同姓的人多着呢！要是我一走，别人把你的名字顶了去，那怎么办？"

靠谁养活

一个五十岁的老人有一个三十岁的儿子。这个儿子非常懒惰，从不干事，衣食全靠父亲供给。

那老人为儿子的事忧心忡忡，便带着儿子一同去算命。父子俩都相信了算命先生的话：父亲可以活到八十岁，儿子也有六十二岁的寿命。

儿子知道了父亲和自己的寿数后，非常犯愁。父亲便安慰儿子说："别难过！你才三十岁，还有三 十二年的好日子过呢！"

儿子回答说："我并不是担心自己的寿命，而是你的寿命叫我难过。"

父亲听了这话，很受感动，含着泪说："你也不必过于伤心！我还有三十年的寿命嘛！"

儿子说："我倒不是关心你的寿命。我仔细盘算了一下，你要比我早死两年，还有两年我靠谁养活？"

莫管它漏水

有一次，一条渡船过河时，船身突然撞上了礁石。河水不断地涌进舱里，旅客们惊慌失措。唯有一位先生没事似地坐着不动，并且讥笑众人大惊小怪。

"用不着急嘛！关咱们什么事。"那人说，"莫管它漏水！船又不是咱们的。"

迷信风水

一个非常迷信风水的人，凡事都得请教风水先生，预卜凶吉祸福。

一日，他坐在一堵墙下，墙忽然倒塌，把他压在下面。他大喊救命，仆人们走来一看，说："东家，请忍耐一下！我们得先去问问风水先生，看看今天宜不宜动土。"

铃声有异

有个老僧，每次在佛堂上长时间念经，即气短口干，需饮些热酒后才能支撑。但如每次从堂中去房中温酒费时太久，恐人说话，就于堂前悬一铜铃，私下同弟子讲定暗语，每敲“荡荡朗朗铛铛”时让弟子温酒待老僧。弟子遵命，每闻铃声，即温酒。数日之后，弟子为戏剧之声所迷，忘了铃声温酒，老僧责怪弟子说：“你今日在当什么心，铃声也不听？”

弟子怕怪罪，就推说：“今日铃声与往日的不一样。”

老僧问：“铃声有何区别？”

答：“今日铃声，只是冷冷清清，只因有别，所以不温酒。”

老僧会意，笑而不再问。

逗口吃者

有个叫崔思海的人口吃，表弟杜延业一次对他说：“我可以叫你学鸡鸣，只要我问你什么，你就得答什么。”

旁人说：“崔思海如果不肯学鸡鸣呢？”

杜延业说：“能！”他抓一把稻谷问崔思海说：“这是什么？”崔思海口吃着说：“谷谷。”杜延业说：“‘国国’，不是鸡鸣么？”旁人大笑。

天姓什么

石动甬问博士："先生，天姓什么？"

博士说："天姓高。"

石动甬说："天子姓高，天就姓高。这是学蜀国臣子泰宓的方法，没有新意。经书上著有天姓，先生可引用经文，不用假托蜀臣回答之法。"

博士说："不知道在哪本经书上写有天姓啊？"

石动甬说："先生读书太少了，《孝经》也像没有看过一样。天本姓也。先生难道没有见《孝经》里写道：'父子之道，天性也。'这难道不是天姓吗？"

小僧吃饼

有个老和尚买了10个饼、一瓶蜂蜜，回来后一个人躲在屋里吃起来。吃饱后，把剩下的饼放在钵盂里，把蜜瓶藏在床底下，然后对徒弟说："我有事出去，你把饼给看好。床底下那瓶是剧毒药，只要沾上一点马上会死的。"

小和尚待师傅走后，把饼端过来，蜂蜜倒出点蘸蘸饼，美餐了一顿。晚上师傅回来见只剩下两只饼了，教训徒弟。徒弟说："师傅走后，我闻着饼香，实在馋得忍不住了，就吃了几个；后来，怕师傅回来责怪，就把瓶里的毒药也喝了，心想死了算了，可不知怎么搞的，这毒药到现在还没有发作！"

老和尚更火了，大骂道："你这畜生，把我的饼全吃光了，还说……"

徒弟听了，伸手把余下的两个饼拿来也吃了，一边吃还一边说："这两个都吃了，才算吃光哩！"老和尚气得一句话也说不出来。

君是真猴

何尚之同颜延之从小就很友好，两人都长得矮小，互相戏称对方是猴子一只。一次同去游览太子西池，颜延之询问行人："我两人谁像猴子？"

行人指着何尚之说："他很像。"

延之听了十分高兴，但是行人又说："他像猴子，君却是真猴子。"

嘲弄弘绰

唐时，弘绰跟弟子边仁表议论。弘绰讲不过弟子，就高声大怒起来。

边仁表讥笑说："先生议论即发怒，怎么能称弘？"（"弘"这里有宏大之意。）

弘绰说："我既姓弘，万事都弘。"

边仁表说："先生虽姓弘，肚量却不绰。"（"绰"：宽裕，这里指大。）座下大笑。

三老对吹

有3个老人相遇在一起，有人问起他们的年龄。

一个老人吹起牛来："我岁数有多大已很难记清了，只记得我年少时曾和盘古（神话传说中开天辟地的神人）有过交情。"

另一个老人不甘示弱，说："大海每次变成桑田时，我就记下一个筹码，现在我的筹码已经放满了10间屋子了。"

最后一个老人捻了捻胡须，慢条斯理地说："我每年所吃的仙桃，桃核都扔到了昆仑山下，如今，都已堆得和昆仑山一般高了！"

第五节　综合笑话

不得不低头

某甲常常因为某乙长得矮小而嘲笑他。

某乙则高傲地说道："矮有什么不好？别人和我说话，都要向我低头！"

彼此彼此

一家三口，一天丈夫垒墙，妻子去缝被，吩咐儿子和面做饭。儿子和着面突然叫了起来："妈，面软了。"

他妈说："软了加面！"

一会儿，儿子又叫："妈，面硬了！"

他妈说："面硬了，加水！"

一会儿，儿子又叫："盆子里放不下了。"

他妈说："放到案板上！"

一会儿，儿子又叫："妈，案板上也放不下了。"他妈一听，火冒三丈，叫道："你到底和了多少面，连案板上也放不下？真没出息！要不是我把自己缝在被里出不去，非打死你不可！"

丈夫听娘俩争吵，也火了，大声叫道："你们娘俩真是一对笨蛋！要不是我垒墙把自己垒在里面出不去，非好好教训你俩一顿不可！"

不会说话

有两个结伴走道的，天黑了想找个店住。正好有家客店，掌柜的在门口站着，二人便过去问："这是店房吗？"

掌柜的一看这两个人，明知这是店房还问这是店房吗，挺牛气地说："不是店房还是棺材铺？"

二人一听，也不像话呀，就说："你气那么粗干啥？"

店主跟上又是一句："不气粗，还给你们每人娶个媳妇？"

俩人一听，更不像话，一气连店也不想住，抬腿便走。那掌柜的紧接着又来一句："是儿不死，是财不散！"

两个走道的四处一看，也没别的旅店了，附近就他这一家，只好忍气吞声地转回身来在这家旅店里住下了。掌柜的说："天堂有路你不走，地狱无门自来投！"

少了不卖

有个傻小子要到老丈人家去拜年，临行前父母再三嘱咐："去了千万不要随便胡说，跟着别人学着点儿，看人家怎么说，你就怎么说。"

一路上，他正愁着去了不知怎么说话，猛抬头看见村外两个人正围着路边的一匹大白马细细端详。

一个人说："这马怎么样？"

另一个人说："好马！好马！好蹄腿，好腰胯，好耳朵，好尾巴。多了不值，少了不卖，不多不少值八百。"傻小子一听，暗暗记在心里。

傻小子刚刚走进老丈人家的门口，丈母娘就兴高采烈地迎了出来。还没等她开口，傻小子便礼貌地先打招呼，他一字一板地说："好马！好马！好蹄腿，好腰胯，好耳朵，好尾巴。多了不值，少了不卖，不多不少值八百。"

不分皂白

一位家庭主妇去肉铺买了猪舌回家，就将猪舌放在楼下，而自己在楼上收拾房间。

主妇对楼下看书的小儿子说："如果肉店里来收账，就从我的钱包里拿两块钱给他。"

这时，刚好牧师来访。小儿子就冲楼上的妈妈高喊：“妈妈，有人来了。”

“给他两块钱，”主妇喊道：“告诉他，我不喜欢他那里的舌头！”

最想去哪里

小芳在客厅与她老公讨论着有关死亡的话题。

忽然提到孩子安置的问题，小芳于是问她的小女儿：“如果爸爸、妈妈有一天出了什么事情，你一个人最想去哪里呀？”

只见她小女儿思索了一下，回答道：“迪斯尼乐园！”

不要护理我

护士：“祝贺您生了个女孩！”

产妇：“啊?! 那……您就别护理我了。”

护士：“为什么?”

产妇：“您快到门口去护理一下我丈夫吧！”

豆腐就是我的命

有个吝啬的财主，一天请了个客人来家吃饭，上了四样菜：炒豆腐、炸豆腐、烩豆腐，末了又来了个拌豆腐。

客人问：“怎么都是豆腐啊?”

财主说：“这一辈子我最喜欢吃豆腐，豆腐就是我的命！”

第二天客人回请他。为了尊重他，客人在所有的菜里都加上了豆腐：炖肉里有豆腐；清蒸鸡里有豆腐；连糖醋鱼里都搁了不少豆腐。

开始吃饭啦！财主一个劲夹大块鱼、大块肉吃，而豆腐呢，他连碰也没碰。

客人很奇怪，就问他："你不是最爱吃豆腐吗?""是啊!"

"豆腐不是你的命吗?"

"是啊!"

"那你怎么一块豆腐也不吃呢?"

财主说："豆腐是我的命，可我要是见了鱼呀肉呀的，就连命也不要了。"

谁敢上来试试

在医学院新生的第一堂课上，老师对学生说："学医最重要有三点。第一，胆大；第二，心细；第三，不怕脏。"说完，老师就拿了一具婴儿的尸体放在讲台上，用手指伸进小孩的肛门，然后又用嘴舔了一下手指。学生们都看得目瞪口呆，老师问："谁敢上来试试?"

台下一片寂静。突然有一个男孩子举手上来，嘴里说："这有什么不敢的，看我的。"于是就把手伸进肛门，又用嘴舔了一下，这举动赢来台下一片掌声。老师也鼓掌，说：

“这位同学的确够大胆，也不怕脏，可是，他不够心细。因为他没有留意到我用食指插入肛门，而舔的是中指。”

测　试

有人发明了一台测试智商的电脑，甲、乙、丙三人前去测试。甲把脑袋放入机器中，电脑显示：“192.6”，甲十分高兴。乙把脑袋放入机器中，电脑显示出：“0.3”，丙在旁边看了哈哈大笑。于是丙也把脑袋放到机器里，电脑想了半天显示出来：“别拿石头开玩笑”。

乙和丙为此发奋读书，过了一年之后，又去测试。

乙把脑袋放入机器中，电脑显示出来：“3.0”，比去年提高了，有点儿进步。

丙把脑袋放到机器里，电脑想了半天，最后显示出来：“这块石头……很面熟”。

不值钱的东西

一户人家遭了火灾，事后有人问这家主妇：“太太，你至少能够从家里抢救出一些值钱的东西吧？”

“没有，什么值钱的东西都没有能够救出来，只救出了我的丈夫而已！”

财主画像

有个财主请画师给自己画像，却不愿给画师钱。画师很生气，就给财主画了张背画像。

财主一看，生气地说："人家画像都画脸，你怎么画我的背啊？"画师说："你画像不愿花钱，还有脸见人吗？"

城乡差别

一个乡下人进城去亲戚家吃席，看到桌上有桌布，椅子上有坐垫，很是羡慕。回到家里逢人就说："要说城里人不一般，就连人家的桌椅都不一般。"

乡里人都问他："为什么？"他说："人家的桌子穿的是绣花裙，椅子穿的都是镀金背心呢。"

不得其解

一个犯人问狱卒："牢房窗户为啥要装铁栅栏？"

馋　鬼

有个人很馋。他在街上捡到了人家吃剩的甘蔗渣，送到嘴里去嚼，嚼了半天，一点味儿也没有。他气得破口大骂："哪个馋鬼，把甘蔗嚼得这样干净！"

长见识

有个人见傻儿子呆头呆脑，就决定带他出门开开眼界，长长见识。这天，父子俩去赶集，路过一座小桥，父亲指着桥下的流水说："这叫细水长流。"来到一个村口，父亲见一只大黄狗抱着一块骨头在啃，又告诉儿子："这叫狗啃骨头。"来到草滩上，父亲见一头大牛跟一头小牛在顶角，又说："这叫大牛欺小牛。"

儿子从来没有出过门，觉得这些事情很新鲜，便告诉父亲自己大开眼界，长了不少见识。父亲听了很高兴，心想这趟门没有白出，叮嘱儿子说：“我告诉你的事，你要好好记住呀！”来到集上，父亲带儿子到一家饭馆吃饭。父亲口渴得要命，一坐下就猛喝茶水。儿子见了说：“爹，要细水长流呀！”父亲见儿子变得聪明多了，学的话一下子就能用上，心里比喝了糖水还要甜。

喝完水，父亲要来一盘排骨下酒，儿子见他津津有味地啃着，不禁大声地说：“看狗啃骨头啦！”在一旁的人听了，笑得个个都捧着肚子。父亲勃然大怒，猛掴他一巴掌。儿子哭着说：“大牛欺小牛，呜呜！”

啥叫丢人

有一个小偷在偷东西的时候被当场捉住了，人们想狠狠地揍他一顿。

这时候，有一个上了年纪的人走过来说道：“别打他了，叫他丢人算了。”

于是，人们就把小偷绑在十字路口的一棵树上。过往行人听说被绑的是个小偷，有的骂，有的往身上吐唾沫，无不羞辱小偷一番。

小偷不知道啥叫丢人，问绑他的人：“天不早了，什么时候叫我去丢人？”

车窗之争

有两个妇女坐在公共汽车上，一个要关上车窗，另一个要开着车窗。她俩正吵着，售票员走了过来。

“售票员，”头一个妇女喊道，“如果开着这个窗子，就会把我冻死。”“售票员，”另一个妇女也叫道：“如果关上这个窗子，我就会闷死。”售票员正不知如何是好，坐在旁边的一位老者开口说道：“开开窗子，冻死一个；再关上窗子，闷死一个，这样我们才能得以安生。”

残酷

某女十分爱好晨跑，但路上总有狗追咬她，造成许多麻烦。因此其夫决定每天为她保驾。一天清晨，一个过路人看到了这样的情景：一个女子在前面跑，一个男子手拿棍子骑着自行车跟在后面，不由地感叹道：“这就叫残酷。”

不知道

两位游客正在攀登勃朗峰。突然，其中一游客滑了一跤，掉入一个裂缝里。另一个匆忙赶到裂缝边，朝不幸的伙伴喊：“喂！你没摔坏吧？”

“现在我还不知道呢，”掉下去的那一个叫道，“因为我还在往下掉呢！”

闯红灯

一辆小汽车急速驶过有红灯的路口。交通警察的哨声大作。汽车停了下来。

警察向司机问道：“你难道没看见红灯吗？”“不，我看到红灯了，不过我没看见您。”

成事不足败事有余

从前，有一个老秀才，生了两个儿子。大儿子取名成事，小儿子取名败事。

一天秀才出门临走时，叫两个孩子在家练习书法。规定大的写三百个字，小的写二百个字，并嘱咐妻子督促查验。兄弟二人一丝不苟，直到手腕写酸了才去休息。

母亲查看一下，大儿子少写了50个字，小儿子多写了50个字。不到两个时辰，秀才回来了，一进门就问妻子：“字写好了吗？”妻子告诉他说：“我数过了，成事不足，败事有余，都是二百五。”

承袭旧习

从前，有个刻薄的地主，他逼着穷人逢年过节轮流请他做客，这办法一直延续了好多年。地主越来越老了，就想让他的儿子承袭这规矩。

这年八月十五，长工请他吃核桃，地主的儿子因为吃核桃，差点硌掉门牙。

回到家里，儿子当着老地主的面把事儿一说，老地主很生气，用手指点着儿子的脑门说道：“吃核桃，得用小锤砸开，才能吃着里边的果仁!”

地主的儿子把父亲的话牢牢地记住了。又一年正月十五，地主的儿子又到长工家去赴宴，这回他特意拿了把小锤。

到吃饭的时候，主人家给他盛了碗元宵，地主的儿子不问青红皂白，抄起小锤就砸。“砰”的一声，汤水四溅，地主的儿子却哈哈大笑，说道：“这玩艺意儿，头下硬，二下子软，砸一锤子，还溅我满脸。”

吃饱撑的

有个人好逞强，越说他饭量小，他越吃得少。一次去丈人家盖房，丈母娘说：“盖房活累，可得吃饱哇。”他说：“那是!”可没几天，他连累带饿昏了过去。醒来后他后悔地说：“唉，都怪我早上多吃了半碗饭，撑的!”

察言观色

一天，公堂上来了两个喊冤的人。

县官一看，一个耳朵掉下半只，鲜血淋漓，另一个手里拿了一把剃刀。

掉半只耳朵的人说：“今天我在他那里剃头，他一刀割下我半只耳朵，请大老爷给我做主。”县官一听，立刻大怒，一拍惊堂木喝道：“剃头的，你为什么割他的耳朵?”剃头的回答：“大老爷，小人冤枉！是他想赖掉剃头钱，故意把自己的耳朵咬下半只来，请青天大老爷明断。”

县官一听双方都有道理，一时没了主意，忙回后堂向太太请教。

太太说：“你真是个傻瓜，谁能自己咬得到自己的耳朵呢？这个官司好断，你吩咐当差的打剃头的没错。”并告诉县官说：“我躲在屏风后面，你看我手势行事。”

县官回到堂上，太太躲在屏风后面。县官喝道：“把剃头的给我按倒打！”一边说，一边回头看屏风后面。太太伸出了一只手，县官忙喊：“重打50大板！”打完之后，县官又回头看屏风后面。这时太太将手一翻，意思是再打50大板。可县官不明白这个手势的意思，喊道：“翻过来！”

当差的把剃头的翻了过来。翻过来之后该怎么办呢？县官又回头看屏风后面。谁知太太一看县官喊“翻过来”，气得她一甩袖子走了。县官看不见太太，心里着了慌，连忙喊道：“太太回去了，退堂！”

吃　瓜

一天晚上，有个人买了三个西瓜。他回到家里，开开灯，打开一个西瓜，发现是坏的，只得扔掉。打开第二个，发现又是坏的，也只得扔掉。他很生气，想了想，关上灯，把第三个西瓜打开就吃了。

抽象画

某美术学院期末美术考试的时候，一位学生的试卷只交了一张白纸。

老师问："画呢?"学生答："这儿!"他指着白纸说。

老师："你画的是什么?"学生："牛吃草。"

老师："草呢?"学生："牛吃光了。"

老师：牛呢?"学生："草都吃光了，牛还站在那里干什么?"

出乎意料

张三下班回到家中，发现自己的妻子正和她的情人李四在卧室里谈笑。张三大怒，指着李四高声骂道："你这个混蛋！你给我滚出去!"

李四也不甘示弱，回敬道："滚出去的应该是你，你的妻子爱的是我!"

张三仍然大骂不止，李四提出用决斗的方式决定谁拥有张三的妻子。

张三和李四来到另外的一个房间。李四对张三说："咱们朝空中放枪，然后，两个人躺倒在地上装死，看你的妻子进来后先到谁的身边。她先到谁身边就说明她爱谁，谁就拥有她。"张三无奈，只得同意。

两声枪响之后，张三的妻子跑了进来，发现他们俩都倒在地上，顿时欢呼着跑到大衣柜前喊道："亲爱的，出来吧！他们两个都死了。"

长寿之道

丈夫：“我刚刚拿回来的那本书哪里去了？”

妻子：“什么书？”

丈夫：“《长寿之道》。”

妻子：“我把它藏起来了。”

丈夫：“为什么？”

妻子：“我怕你妈看到了。”

出口伤人

有一个剃头匠，很不会说话，每次和别人说话都伤人，常惹人不乐意。他怕砸了饭碗，所以给人剃头时就不说话。有一个地方官，他听说了这事后，就想见识见识。于是，便去找这个剃头匠剃头。

剃头匠见当官的来剃头，他就光用手比划不敢张嘴。那地方官见他不说话，光用手比比划划的，就问：“你怎么不说话呢？”他说：“长官，我不敢说话，我一说就伤人。”

那地方官说：“我不怪罪你，你说吧。你有儿子吗？”

剃头匠说：“我哪有儿子？我要有你这样一个儿子，我也不用干这活了。”

那地方官一听很生气，就说：“你这样不会说话，不好不干这活吗？去找点别的什么活干干不行吗？”

剃头的用手摸了摸那地方官的头说：“我要是不干这

活，你这玩意儿找谁收拾!”

身体的一部分

一天，丈夫在专心看书，而妻子则在一边看电视。这时，电视屏幕上出现一对恋人，那个男人对女人说：“亲爱的，我一直把你当成是自己的一部分。”妻子听后很受感动。于是，她对专心致志的丈夫说：“喂！你呢，你何时曾把我视为你身体的哪一部分?”

丈夫心里很嫌妻子开电视机干扰他看书，就毫不理会。

“喂！我在问你呐！到底我是你身体的哪一部分呀?!……”妻子再三地问。

丈夫不耐烦地回答：“是盲肠!”

纳　闷

一个老头去医院看病。医生诊断后给他开了两种药，并叮嘱：“大叔，回去吃药的时候，大的吃两片，小的吃一片，吃完你就会好的。”

老头一进门就叫来两个儿子。他对大儿子说：“你吃两片。”又对小儿子说：“你吃一片。”

分完了药，老头子就纳闷起来，嘴里不停地嘟囔：“现在啥都进步啦，我得了病却让儿子来吃药。”

处分何用

一位父亲递给女儿一个瓦罐，让女儿拿瓦罐去打水，并且顺手扇了她一个响亮的大耳光，高声叫喊道："当心，不要把罐子打碎了！"

人们看到小姑娘在哭，便对他说："你不该无缘无故地打小姑娘，她并没有做错事！"

父亲理直气壮地对他们说道："我是要让她知道打碎罐子的结果，以引起她的注意。否则，等水罐打碎了再处分她，还有什么意思呢？"

传 染

明明经常亲吻他心爱的小猫"咪咪"，妈妈看见了总要阻止他："明明，千万不能亲吻动物，否则会传染上疾病的！"

"喔，知道了，"明明点了点头说，"邻居家的小妹妹也经常亲吻她家的鹦鹉。""后来小妹妹生病了吧？""不是的，后来鹦鹉得病死了！"

出 气

有个不孝之子经常殴打自己的父亲。

父亲挨打后，总是抱着他那小孙子，显得非常疼爱。

邻居看见了，奇怪地问道："你的儿子不孝，你却疼爱孙子，这是什么缘故呢？"

他回答道："不为别的，我抱他只是想让他长大之后，好好地替我出气。"

穿官服

从前，有一个人狗屁不是，却用钱买了个官。回到家后，就急急忙忙穿上官服，对着镜子照来照去，洋洋得意，并向他的妻子问道："你看看镜子里是谁？"

妻子使劲吐了一口唾沫："呸！你连自己也不认识了！"

不能怨我

有个傻小子，姐姐刚出嫁，按当地风俗，第四天新媳妇回娘家，由娘家来人接，女婿也得一块陪着回来，傻小子的父亲叫傻小子去接姐姐。临走时，傻小子的父亲嘱咐儿子："到了你姐夫家，要有礼貌，不要乱讲话，不懂就问，以免叫人笑话。"

傻小于不高兴地说："俺记住了。"说完手牵毛驴去了姐夫家。姐夫和姐姐出门迎接他。正在这时候，那边过来一队人马，锣鼓喧天，放鞭放炮好热闹。他不懂就问："姐夫那是干啥呢？"

姐夫说："娶媳妇呀。"他又问："姐夫，你啥时候娶媳妇呀？"姐夫知道小舅子有点傻，说道："我不是已经娶了吗？就是你姐姐呀。"

姐夫、姐姐叫傻小子进屋喝茶，吃点儿点心再走，傻小子一直一句话不说，等姐姐、姐夫收拾完毕临走回家，姐夫的父母送出了门外。傻小子突然回头对姐夫的父母说：

“我在你家时没有说傻话，如果你家有个三长两短，可不能怨我！”

吹牛有罪

从前有一个人特别爱吹牛，他夸口说：“世界上什么肉我都吃过。”

一个人听罢好奇地问道：“先生，鬼肉您也吃过吗？什么滋味呀？”

他信口回答说：“吃过的，比人肉还好吃。”

正巧一个官差走过，听说吃过人肉，便把枷子往他头上一夹，喝道：“走，坐牢去，这是你不打自招啊！”

吃聪明了

一个老汉有两个又懒又笨的儿子，老汉看着这两个不争气的儿子十分生气，常常责骂他们。一天，兄弟俩被老汉骂急了，就顶撞说：“人家聪明的人是吃好饭好菜长大的。你要是天天给我们买大鱼大肉吃，我们也会聪明起来的。”

老汉气得无话可说，狠了狠心，进城买回来 10 斤肉、10 条大鱼，顿顿做给他们吃，让他们吃个够。

过了几天，老汉把儿子叫到跟前，说：“孩子啊，鱼呀肉呀的也吃了好些天了，你们有长进吗？”

哥哥抢着说：“爹爹呀，吃了鱼肉后我明白了许多道理。比方说，人的脚丫子为什么朝前不朝后呢？就是因为怕走路时被后边的人踩住了。”哥哥的话音没落，弟弟插嘴说：“我也进步了！过去我琢磨不透：人的鼻孔为什么向下，现在才算明白了……”

老汉问：“明白什么了？”弟弟得意洋洋地说：“要是鼻孔向上长，下雨时就要灌进雨水了吧？”

蠢笨的书呆子

有位秀才，整天关在屋里读书，不接触实际，对其他事物一概不过问，连起码的生活常识和经验都没有，成了一个蠢笨得令人可笑又可气的书呆子。一次，他外出走山路时，把鞋子脱了下来。别人问他说：“你为什么光穿袜子走路呀？”他回答说：“做鞋不容易，而袜子比鞋容易做得多！”

有一天，家中来了客人，妻子让他去河边买条两斤重的鱼回来，他来到了河边，跑遍了所有的渔船，左挑右选也没有选到一条正好两斤重的鱼。

卖鱼的被他纠缠得不耐烦了，便偷偷地在一条鱼嘴里塞一块石头，一称刚好两斤，书呆子高兴极了，颠颠地拿着跑回家。妻子在剁鱼时，一刀砍下去，只见金星四溅，菜刀缺了一个口，一看原来正好砍在石头上，妻子气得直瞪眼。

可是秀才却高兴得手舞足蹈地说："这回我又懂得了一个道理，原来鱼是吃石头长大的呀！"

吹　牛

两个人相互吹嘘自己国家的桥高。

一个说："在我们国家的那座桥上，一个人如果想自杀，他10分钟后才能落水淹死。"

"这算什么！"另一个说，"在我们国家的那座桥上，如果一个人想跳下去自杀，你猜他是怎么死的？他是饿死的！"

串亲戚

从前，有个傻女婿要去岳父家串亲戚。临行前媳妇想让他在父亲面前露露脸，就再三叮嘱他："咱爹喜欢菊花，家里栽了不少。你到了家里，看见打骨朵的花，就说'朝思暮想将你盼'看见盛开的菊花，应该说'如今盛开心喜欢'；看见凋谢的花，要说'愿将性命换你在'。"

傻女婿点头应允，一一记住了。来到岳父家，岳父兴高采烈地领傻女婿来到菊园。见到没开的花儿，傻女婿吟道："朝思暮想将你盼。"

到了盛开的菊花前，再吟："如今盛开心喜欢。"最后看见凋零的花朵，又吟道："愿将性命换你在！"

岳父听了很惊讶，心想："人都说他傻，今天看来他不但不傻，还满有学问哩!”

两人进屋来，坐到席上。女婿看到像要端来米饭了，想起第一句话：“朝思暮想将你盼。”

家里人一听，马上把饭端过来，让女婿多吃。女婿又喃喃地说：“如今盛开心喜欢。”

接着，傻女婿狼吞虎咽，吃得饱饱的。家里人看见这般光景，急忙再盛。忙乱中，装饭的木盆被弄翻了。

女婿一见马上来了一句“愿将性命换你在!”。众人哄地一声都笑了。

吃药人

“您的丈夫需要绝对安静，这是安眠药。”

“谢谢大夫，我会按时给他服药的。”

“不！夫人，这药是给你开的。”

蠢爹傻妈

一天，傻子哈哈去市场上卖黄牛。可他站酸了腿，叫干了口，也没有人买。一个朋友问：“还没卖出去吗?”

“没有。把黄牛夸成一朵花，也没人买!”

“你把黄牛给我，你跟在我后面，咱们走吧!”于是，朋友牵着黄牛在人群中边走边喊：“买牛啊！年轻力壮的牛，已怀胎六个月啦!”即刻，一些人便围上来。一个人出高价把黄牛买去了。哈哈谢了朋友，拿着钱高高兴兴地回到家里。过了几天，老婆告诉他："为女儿做媒的媒人要来了，你拿个主意吧？"

哈哈对老婆说："我有一种推销术，这种方法适用于咱们女儿的婚事。看着吧，求婚的人一定会蜂拥而来的！"不久，媒婆进门了。女主人招待大家，接着宣布说："姑娘的爸有话对大家说。"过了一会儿，哈哈从里屋走了出来，对客人们说："乡亲们，我也不愿多说了，只对我女儿的品德说两句：她是一个纯洁的姑娘；她刚刚怀孕六个月，完了。"来说媒的客人们你看看我，我看看你，都悄悄地溜走了，女儿的婚事也告吹了。

聪明的狗

狗主人吹牛道："我的狗可聪明呢，您给它5元钱，它就会去自动售烟机替您买香烟回来。"

"不对吧，"客人回答："我刚才给了它10块钱，它到现在还没有回来。"

"那就是您的错啊！您给它10元钱，它就去看电影了。"

听话的仆人

主人派仆人去市场买些葡萄、石榴、无花果。仆人来回跑了三趟，每次只买一样东西。主人见此十分生气，向他开导说："一个聪明麻利的仆人，当主人叫他办一件事时，他一下子可以同时办好几件事，而且动作非常迅速。”

“下次我一定努力做到。”仆人回答。

过了几天，主人病倒了，要仆人去请医生，仆人去了以后很快就回来了，并带来一帮人。“要这么多人干什么?”主人诧异地问。“老爷，上次您对我说过，要是吩咐办一件事，最好能同时办几件事。于是，我把医生和药剂师一起请来了。顺便又把抬尸人、念经人、棺材匠、掘墓人也请来了。”

一对蠢货

阿福和来旺在路上相遇。来旺慢吞吞地问：“阿福，你袋子里装的是什么?”

“是鸡啦。”阿福答道。

“如果我猜到袋子里有几只鸡，你能不能给我一只?”

阿福说：“你猜到的话，我两只全都给你!”

“好!”来旺认真想了想说，“那我猜有五只!”

做贼心虚

两个小偷去一家偷东西，他们把墙掏了个洞，一个钻进去，而另一个在外面放风。

这家的老鼠特别多，常常在墙洞里钻来钻去。这天晚上，这家的主人还没有睡着。女主人借着月光，看见从墙洞里又钻进了一只老鼠来，她便伸手推推丈夫，说道：“你快起来看看，进来了一个。”

女主人这么一说，可把进来的小偷吓坏了，慌忙地钻了出去，对外边放风的那个小偷说道：“这屋的女人真厉害，我一进去她就发现了。”

外面的小偷不相信地说：“大概是说梦话吧！来，咱们俩一块进去看看。”

俩人于是一起钻进去了。这时，正巧又有两只老鼠钻了进来，那女人又伸手推了推丈夫，说道：“看，又进来两个，快起来，把它们抓住！”

两个小偷一听，急忙钻出来逃跑了。第二天，两个小偷想看看那个厉害的女人长得什么样儿，就挑了一担红薯去这家的门前叫卖。

这家主人正在地里犁田，牛把绳套拉断了，男人叫女人回家拿根绳子来。

女人回到家中，见门前有卖红薯的，就在红薯筐里挑，挑了两只像老鼠一样的红薯。

男人等不及了，跑回来催她。女人看见男人来了，举着红薯时他说：“你看，多像昨晚上那两个。”

小偷一听害怕了。那男人又焦急地说：“你还不快把绳子拿出来！”

小偷一听以为要捆他俩，吓得丢下红薯逃跑了。

第五章　灯谜

第一节　灯谜简介

一、概述

灯谜又名文虎。猜灯谜，亦称打虎，弹壁灯，商灯，射，解，拆等，现在，人们都习惯用“灯谜”一称。

灯谜是我国劳动人民智慧的结晶，是我们民族一门传统的综合性艺术。早在夏代，就出现了一种用暗示来描述某种事物的歌谣。到了春秋战国时期，这种歌谣发展、演变成“廋词”（亦称“隐语”）。当时由于列国纷争，有不少游客在进谏时，往往都用“隐语”道出己见，使君王从中得到启发。《国语·晋语》记载：“有秦客廋词于朝，大夫莫之能对也。”可见那时的这些“廋词”和“隐语”，就是我国灯谜的雏形。直至南宋朝文学家鲍照作“井”“龟”“土”三个字谜，并以《字谜三首》收入他的诗集后，才有了“谜”字一称。

开始的谜流行于口头说猜，三国时期有人把谜写在纸上贴出来令人猜对。到了南宋，有一些文人学士为了显示才学，常在元宵花灯之夜，将谜条贴在纱灯上，吸引过往行人，因之又有了“灯谜”一称。清中叶以后，谜风大盛，涌现了许多谜师。辛亥革命后，灯谜形成了南宗北派两种风格，到了旧社会，由于谜家大都是士大夫阶层，有些文人自命清高，片面强调风雅，排斥民间灯谜。新中国成立后，在党的“百花齐放”的文艺方针指引下，灯谜活动更加蓬勃发展，谜材谜作日益完善丰富，为建设社会主义精神文明和活跃群众文化生活作出了巨大的贡献。目前，在世界各地的华人华侨都有灯谜活动及灯谜学术交流。

《谜语》古称“隐语”，“廋辞”。今通常指民间谜语。我国著名古典文艺理论家刘勰在《文心雕龙·谐隐》中说：“自魏代以来，颇非俳优，而君之嘲隐，化为谜语。谜也者，回护其辞，使昏迷也。或体目文字，或图像物品，纤巧以弄思，浅察以炫辞。义欲婉而正，辞欲隐而显。”他对谜语从理论上作了高度的概括，对谜语发展的历史，谜语的定义及其特征都作了深刻的分析和精辟的阐述。

民间谜语与灯谜不同，灯谜属于文义谜，而民间谜语除了少量字谜外，都是以事物的特征来隐射的，因此，它属于事物谜。它主要着眼于事物的形体、性能、动作等特征，运用拟人、夸张、比喻等手法来描绘谜底，从而达到隐射的目的。

民间谜语的谜底范围比较窄，除了少量字谜以外，绝大多数都是事和物，如动物、植物、用物、人体器官、自然现象、人类行为等。

它的谜面往往是山歌体的民谣，以四句形式出现较多，讲究押韵而有节奏，读之可以朗朗上口，而且形象生动，便于口头传诵。

由于民间谜语通俗易懂，故大多数都适宜少年儿童猜测。因此，有时也把民间谜语称做儿童谜语。自古以来，谜语由于其谜体不同，因此古代的称呼亦有所变化。

谜语在春秋时叫“言隐”“隐语”“廋辞”；在汉时叫“射覆”“离合”“字谜”；在唐时叫“反语”“歇后”；在五代叫“覆射”；在宋时叫“地谜”“诗谜”“戾谜”“社谜”“藏头”“市语”；在元时叫“独脚虎”“谜韵”；在明时叫“反切”“商谜”“猜灯”“弹壁”“弹壁灯”“灯谜”“春灯谜”；在清时叫“谜子”“谜谜子”“切口”“缩脚韵”“文虎”“灯虎”“春谜”“灯谜”等。

二、灯谜术语

射制灯谜，说难不难，说易也不见得容易，最重要的是先明了若干基本常识，兹以胪列词条的方式，作一简单说明：

【隐语、偈语、廋词】皆为隐藏之意，亦为灯谜古称。

【文虎、灯虎】即灯谜的别称，因为猜射灯谜殊非易事，需具搏虎之力，故称为文虎。

【谜面】灯谜的题目，猜射者需就此题目去推理作答。

【谜目】灯谜的答案范围，常用“射某某一”或“打某某一”表示。

【谜底】灯谜的答案。

【谜格】灯谜的特殊格律，通常以增损字形、字数或改变文序、读音的方式，使谜底与谜面能更适切吻合，有所谓的“二十四格”之说。

【谜条】书写谜题的条幅纸张。

【谜作】灯谜作品。

【谜学】有关灯谜的学问。

【谜社】灯谜社团组织，最早出现在南宋。

【谜材】灯谜的素材。由于灯谜猜射的范围极广，几乎任何字词、文句都可以当做谜底，相当不容易掌握。因此，就有一些专门收录常用谜底的书籍出现，以供制猜灯谜的人参考。集思谜社出版的《谜材》即为一例。

【扣字】猜灯谜的要诀之一。在传统文化长期濡染下，汉字的字义往往会互有关联，如云和龙、虎与风，五行的内容、季节、方位、颜色，在猜射时都可以互扣。

【扣典】猜灯谜的要诀之一。在谜作中运用到若干历史典故或人物名姓时，须从历史事件着眼，展开拟测，谓之“扣典”。

【直解】制作灯谜时，如果谜面和谜底的用字都没有其他解释，直用原意，叫“直解”。一般说来，这类谜较无趣味。

【别解】制作灯谜时，将谜面或谜底原有的字，另作解释，叫“别解”。这是充分利用汉字的多义性制作的谜法，如以“保护灵魂之窗”射新名词“小心眼”为例，“小心眼”原来是指人气量褊狭，可此处将“小心”别解成注意、保护，这就是别解。灯谜的机趣，往往都是经别解后产生的。

【函部】一种公开征求谜面的制谜方式，先拟出谜底，征求谜面，再据其优劣，评论高低名次。

【矢部】一种公开征求谜底的制谜方式，先拟出谜面，征求各种可能猜射的谜底，亦据其优劣，评论高低名次。

【画谜】以绘画方式制谜。

【实物谜】以实际物品代替谜面的制谜方式。

【动作谜】以具体动作代替谜面的制谜方式。

【印章谜】将谜面镌刻成图章的制谜方式。猜射时，须连同印章的相关字义一起思考。通常其中都含有印、章、石、刻、文……

【市招】灯谜谜底的常用范围之一，指市面上常见的招牌，如“小说漫画”“烧饼油条”“影印”等招牌上的字。

【新名词】灯谜谜底常用范围之一，指现代发明的新鲜名词，如“小心眼”“帅哥”“小气”“丁客族”等。

【口语】灯谜谜底范围之一，指现代常用的口头语，如“谢谢”“讨厌”“帅呆了”“逊毙了”之类。

【本草】灯谜谜底范围之一，指《本草纲目》中的中药名。

【时人】灯谜谜底范围之一，指当代人物，通常为政治人物。

【四子人】灯谜谜底范围之一，指《四书》中的人物。

【聊目】灯谜谜底范围之一，指《聊斋志异》的目录。

【词、曲目】灯谜谜底范围之一，指传统的词牌或曲牌名。

【剧目】灯谜谜底范围之一，指评剧的目录。

【猜、射、商、打】皆为猜射之意。

【谜手、谜家、谜人、打虎将】皆为猜谜、制谜专家之称。

【泊人、泊诨】灯谜谜底范围之一，指《水浒传》一百零八将中的人物姓名或绰号。

第二节　灯谜猜法

拆字法

拆字法亦称字形分析法，或增损离合法。它和会意法一样，是灯谜猜制两大法门之一。它利用汉字可以分析拆拼的特点，对谜面或谜底的文字形状、笔画、部首、偏旁进行增损变化或离合归纳，使原来的字形发生变化。这类谜往往虚实结合，须仔细推敲斟酌，才能求出谜底。

离合法

离合法是灯谜最常用的猜制手法之一。汉字字形结构复杂，字中有字，可分可合，变化多端。离合法正是利用这种可以分解离析、重新组合萌生新意的特点，来制作灯谜的。如“绿树村边合”（打一字）谜底是“林”。谜面择自唐代孟浩然《过故人庄》，今运用别解手法，以“绿、树、村”三字的“边”分扣“木、木”，是为离；再将这三个边旁“合起来成为”林，是为合。又如“如今分别在断桥”（打《红楼梦》人物），谜底是“娇杏”。别解作现今先将“如”字分离成“女”和“口”，分别放置在断开的“桥”即“木”和“乔”二字上，然后重新组合起来便成“娇杏”二字。从汉字的特点出发，用离（把字拆开），合（把字拼在一起）的方法作字谜，是从汉代发展起来的。这与汉代盛行图谶有关。刘勰说：“离合之发，则明于图谶。”谶语就是借助于字的离合，用谜语的形式做政治预言。汉末童谣：“千里草，何青青，十日卜，不得生！”这是一则暗隐“董卓当死”的谶语。其中“千里草”隐“董”。“十日卜”隐“卓”，用的就是拆字离合法。

增补法

增补法根据谜面或谜底带有增加意义的字眼所作的提示，用增补字或者部首、偏旁、笔画的办法求得面底相互扣合。谜面运用增补法的，如：“为中国多作一点贡献”（打一字）谜底是“蝈”字。这是将谜面别解成为“中国”二字多加“一”字和“、”（点），结合起来就得出谜底“蝈”字。本谜中表示增加意义的字眼是“为多作贡献”。增补法用于谜底的，如“反”（打四字常言），谜底是“吃现成饭”，这是将谜底别解为；如果在“反”字的偏旁出现一个“食”字，谜面就变成“饭”字。而“食”同义转换扣合“吃”。本谜中表示增加意义的字眼是“现”。

减损法

减损法根据谜面或谜底带有减损意义的字眼所作的提示，从谜面或谜底中减去有关的字或偏旁、部首、笔画，然后使面底相互扣合。谜面运用减损法的，如：“明月当空”一段中的“明”字，因“月当空”（‘空’别解作‘空无’）而损去“月”剩下“日”；后段“人尽仰”的“仰”字因“人尽”而损去“人”剩下“卯”：“日”与“卯”重新组合成谜底“昂”。本谜中表示减损意义的字眼分别是“空”和“尽”，此时二字的词性都发生了变化。谜底运用减损法的，如：“牛”（打邮政名词），谜底为“收件人”。这是把谜底别解为，如果将“件”字的人字偏旁收掉的话，那么就剩下一个“牛”了。本谜中表示减损意义的字眼是“收”。

半面法

半面法亦称“一半儿”谜。采用将谜面汉字各撷取一部分的手法，而后拼成谜底，谜面大多带有“半”字。如：“柴扉半掩”打“棑”字，这是将“柴扉”二字掩去“此”和“户”，由剩下的“木”和“非”组合成“棑”。又如“半放红梅”打“繁”字，这是将“放红梅”三字各取一半而组成。制作半面法谜应注意择面自然浑成，不可硬凑。同时应注意合乎逻辑，不能模棱两可。例如以“半推半就”为谜面，它既可对“掠”又可对“扰”，犯了一谜多底的毛病，就不足取了。

方位法

方位法按谜面文字笔画所指之东南西北、上下左右、内外边角等方位，将有关的字、偏旁、部首或笔画作相应处置，缀为底。如“口才”（打机构简称二），谜底是“党中央，团中央”。这是将谜底别解成“口”在“党”字的中间，“才”字在“团”字的中间。又如：“孔雀东南飞”（打一字），谜底是“孙”。面句原是一首著名古诗的题目。今将谜面别解为：“孔”字之东部立划“乚”和“雀”字的南部笔画“佳”都“飞”了，剩下“子”和“小”组合成“孙”。这种谜贵在谜面典雅，技巧自然，废弃和撷取部分无斧凿痕迹。

参差法

参差法利用汉字的笔画位置变更，无须增损，达到你中有我，我中有你，相互参差之目的。如：“易胆大”打鲁迅篇目“明天”。谜面本是剧目名，今将“易”别解成“交换”，暗示将“胆大”二字的笔画重新装置成“明天”二字。又如：“干一天全变样”打政治名词“十三大”解作将“干一天”三字的笔画结构进行变化，将干字和天字上面一划与一字拼成三，剩下十和大，最后再重新调整成“十三大”。

移位法

移位法依照谜面文字的修饰关系，再移动汉字笔画成谜底。如：“国内有点变化”打“主”字，国内即玉，有点变化暗示将“玉”里一点提到顶部变成“主”字。又如：“奋力改革”打称谓“大男”，将奋字的田移到力字上面，即成“大男”二字。移位法与参差法不同之处在于，前者只将笔画作自我调整、后者一定要将笔画相互参差补位。

残缺法

残缺法是通过谜面文字残缺组合成谜底。残缺的部位随谜意而定，残缺笔画有多有少，或一笔，或半截，或残边，或残角，灵活运用。如：“残花片片入画中”打“毕”字，这是残去花字的大部分取两个“匕”，画中扣“十”，结合成“毕”字。又如：“身残心不残”打“息”字，这是将身字残去半截，与心字组合成“息”字。残缺法与半面法不同处在于：前者可以任意将字形破损残缺，后者则取汉字的自然结构一半或部分组合。

通假法

通假法把谜面中的某个字，变今义作古义解释。亦称“古通”，这通假带别解成分，有些字还有异读成分。如以陆游《卜算子》咏梅词“已是黄昏独自愁”为面，打外国剧作家“莫里哀”。“莫”字含义今规范作“没有、无”“不、不要”解，但古时又同“暮”通。运用通假法将谜底“莫里哀”别解成“暮时悲哀”，来与谜面相扣合。又如以“破晓过河”为面打三字词汇“透明度”。由于古时“度”与“渡”相通，故本谜底应看做是“透明渡”（解作‘天色透亮时渡河’）以扣合题意。

盈亏法

盈亏法取文字的笔画，或此多一笔，彼少一笔；谜底作巧妙的调整，谜面含义以顺理成章为妥。如：“多少心血得一言”打“谧”字，以心字多一撇，血字少一撇，然后与言字偏旁组合。再如“心有余而力不足”打“忍”字。心多了一点，力少了头上半截，面为成语，盈亏灵巧，扣合浑成。盈亏与移位法不同之处在于：前者主要以笔画增损盈亏，有时不一定要相同笔顺；后者大多以部首、结构移位，限定要相同的笔顺。

会意法

会意法亦称字义分析法，它和拆字法一样是灯谜猜制两大法门之一。它从谜面上的文字（包括字、词或句）可能具有的含义去领会、联想、推敲、探索谜底，使谜面谜底经过别解按某种特定的含义相吻合。这种含义对谜面来说，可以是通常明显的“本义，”也可能是不易觉察的需作别解的“隐义。”但是，对谜底整体来说，其含义应该不再是语文范畴内的“本义，”而是经过别解的“隐义。”在会意法猜射时，切不能用谜底本义去解释谜面。也就是说，运用会意法制谜时，务必注意不要犯“直解谜”的毛病。

一谜多底

同一个谜面和谜目，却有多个不同的谜底的现象叫做一谜多底。例如“兴会无前”（打一字）这条谜，如果采用减损法来猜射，谜底是“公”字。这是将谜面别解成“兴会”二字没有（无）前面部分，剩下“八”和“厶”合成“公”字。但如果采用方位法来猜射，谜底却是“佥”字。这是将谜面别解成如果把“兴会无”三字的前面部分（即⺍、八、一）组合起来，便拼成一个“佥”字。又如这样一条谜：“人丁”（打成语二）如果采用减损法来猜射，谜底是“大打出手，一笔勾销”。解作“打”字出了手得“丁”，“大”字勾销了“一”得“人”合起来便是谜面“人丁”。但如采用增补法来猜射，谜底却是“如出一口，大有可为”。解作：在谜面“人丁”上如出现“一口”二字，“一”与“人”合成“大”，“口”与“丁”成为“可”，即“人丁”变成了“大可”，从而与谜底相扣。由于灯谜猜制手法多种多样，也由于谜底范围相当广阔，出现一谜多底的现象是不足为奇的。关键在于要对这个问题正确对待。一方面在制谜时要反复推敲，多方审查，尽可能避免一谜多底；另一方面，如果别人猜的底同样扣合贴切，言之成理，那么也应该算猜对，因为这样才符合猜谜的客观情况，使人口服心服。

旧谜新猜

这里的“旧谜新猜”是指借民间谜语为面，去猜射灯谜之底的一种新颖别致的灯谜猜射方法。它是民间谜语与灯谜横向联系的产物，是将民间谜语与灯谜两种不同的猜射方法有机地结合而形成的综合体。旧谜新猜与灯谜重门格有点类似，它是先根格民间谜语的谜面揭出原来的谜底，再以这个谜底作为中介谜意，运用灯谜别解手法去猜射符合谜目要求的谜底。例如：“一粒谷，撒满屋”（打摄影名词），这则民间谜语原底是打一物“电灯”。如今可根据一盏电灯将整间屋子照亮之意境，进一步揭出谜底“室内光”，别解为“室内充满了电灯光”，从而与谜面意境相互关映。又如：“千条线，万条线，掉到河中就不见”（打我国市名），这则旧谜原底是打一自然现象“下雨”。如今可以从“雨水”这个中介谜意进一步运用别解手法进行思索，便不难将灯谜之底“天水”揭出，谜底别解成“天上落下来的水”从而与谜面意境相吻合。再如：“一间屋窄窄，内有五个客”（打三字俗语），这则旧谜原底是打一人类动作“穿鞋子”。如今却从谜面“五只脚趾穿入一只窄窄的鞋子里面”这样一种意境，运用别解手法，揭出谜底“穿小鞋”。还有这样一则旧谜：“棋盘大大，棋子多多，能看不能摸”（打国际名词），原来的谜底是打自然界事物“星星”。如今从“天空好比棋盘，星星好比棋子”这一意境，运用别解手法进行联想，便可顺藤摸瓜将谜底“最高当局”揭出，谜底别解为“高高的天空当如棋局”。应当指出，上述这种“旧谜新猜”与过去那类“旧谜新猜”是有本质区别的。以往所谓“旧谜新猜”，所使用的都是同一类民间谜语手法，即主要根据有关事物的特征、性质、用途等去会意出谜底，只不过是换另一个角度去猜射另一个谜底罢了。但它们同样属于民间谜语范畴。本书介绍之“旧谜新猜”，虽然也借用民间谜语作谜面，但却是运用了灯谜别解手法，从文义别解之角度去进行更深一层猜射；此外，它还严格规定谜底与谜面不能出现雷同的字眼，否则便是“犯面”，不能成立。因此它应当属于灯谜范畴。上述这种“旧谜新猜”形式是近年来首先由广西南宁市灯谜爱好者创造出来的。由于谜面借用的是妇孺皆知的民间谜语，猜射却使用灯谜别解手法，因而更显得情趣盎然，别有风味。实践证明，这是一种雅俗共赏的猜谜新形式，是灯谜创作上的一个创新和改革，深受群众欢迎。

字字双谜

《字字双》原是曲词牌，古今许多谜人用它做谜面或谜底，从而形成一种灯谜表现形式。如果用“字字双”做谜面，谜底要求每字笔画组成皆成双数。如：字字双（打国名），谜底是“多哥”。又如：字字双（打已故作家），谜底是“舒舍予”即老舍。“多哥”包含有两个“夕”和两个“可”，“舒舍予”由两个“舍”和两个“予”组成。如果用

“字字双”谜做底，则要求谜面成文并能拆成双数的字。如：女子也好驰马（打词牌），谜底是“字字双”。谜面有两个“女”字，两个“子”字，两个“也”字，两个“马”字，皆成双数。又如：寻寻觅觅冷冷清清凄凄惨惨悲悲切切（打词牌），谜底是“字字双”。谜面为宋代著名女诗人李清照词，全句皆由双字组成。字字双谜虽然由来已久，但谜味不够浓，扣合较浮泛，这是显而易见的。

与虎谋皮

灯谜界将灯谜命题创作称之为“与虎谋皮”，即按照选定的谜底和谜目，配制谜面。因为灯谜又称“灯虎”“文虎”，简称“虎”，谜面自然就是“虎皮”了。

拟面征底

同以底征面的“与虎谋皮”相反，以面征底就是只列出谜面，要求应征者自己选定谜面和谜底。所列出的谜面一般是诗词名句或某些专门名词术语，以及有一定意思的词语。要求所选的谜目要恰如其分，范围大小与谜底相符；所选的谜底要求必须与原面扣合贴切，无斧凿痕迹或牵强附会之弊病。

拆底就面

以别解手法将谜底分别拆开，一一与谜面对应相扣。猜此类谜比“拆面就底”难度大得多。因为运法于谜面时，字句显豁，较易推测；但运法于谜底则往往需多方联想，反复探索才能中鹄。如："炅"（打欧阳修词一句），谜底是"人约黄昏后"。这里将谜底别解作：如果把"炅"字的"人"约开（省略），剩下"日"和"八"则分别是"黄"字和"昏"字的最后部位。又如："大禹"（打四字常言），谜底是"实属空前"。大禹本是传说中的治水英雄，今将谜底别解为：如果把"实"和"属"两字空了前头部分，则剩下"大禹"二字。

底面相克

灯谜不仅是一项饶有趣味的文字游戏，有其知识性、趣味性、艺术性，而且也具有一定的宣传教育作用，有其思想性。因此，在讲究技巧和趣味的同时，还要考虑到底面之间的褒贬关系及其社会宣传效果，应赋予它健康、向上、积极的思想内容。如果底面含义相矛盾，内容悖谬，褒贬失调因而与政治常识和思想常识相违背，就叫底面相克。如以"千里姻缘"为面打法律名词"重婚"，谜面本是褒意，谜底却扣出了"重婚"之罪。又如以"出口产品"打三字口语"不中用"，谜底别解作"不为中国所使用"，但面底一联系起来，似乎是说中国的"出口产品"是"不中用"的东西，那还了得？对于人物的褒贬更应注意。例如有人曾以"十多个老鼠"为面打日本影星"田中裕子"。本来，"十"扣"田中"，"多个"扣"裕"，"老鼠"扣"子"，就技巧而言，倒也妥帖。但田中裕子是一位我国广大影视观众都熟悉的国际友人，将她的名字与老鼠相提，的确有失礼貌，是对友人的不恭。其实此谜可采用会意法，将谜面制成“乡下万元户”，那就显然比前谜强多了。使田中裕子从“老鼠”一跃而成腰缠万贯的“富翁”，相信她本人也会表示乐意的吧。总之，对正面人物不能用贬义的谜面，对反面人物不能用褒义的谜面，这条界线还是要区分清楚的。对社会可能造成不良宣传效果的灯谜，无论其技巧如何高明，也应坚决弃之如敝履。随着时代的进步，制谜灯谜更应注意思想性与艺术性的统一，这样才能使灯谜真正具有社会价值和广阔的前途。

谜底别解

谜底别解亦称别解在谜底，是传统正宗的制谜法门，至今仍是人们最为常用的别解手法。它的主要特点是谜面文义取本义解，但谜底文字却取歧义解。例如：“伤口愈合”（打经济名词），谜底是“创收”。“创收”的本义是指“创造财富，增加收入”。但如今将谜底的“创”别解作“创伤”，“收”别解作“收缩”。“伤口愈合”也就是创伤合拢长好了。

谜面别解

谜面别解是灯谜别解手法之一，指谜底文义取本义解，而谜面文义却取歧义解。例如：“猎户斗豺狼”（打国产影片），谜底是“星星星”。谜面似乎是讲猎人打猎的情形，但这只不过是作者在谜面故布疑阵罢了。本谜其实是运用谜面别解手法，在谜面上罗列了三个星座名称："猎户"和"豺狼"是现代天文学的星座名，而"斗"则是我国古代二十八宿之一。因而猜射时应先对谜面进行别解，再运用归纳法得出谜底"星星星"。又如"单晓天"（打五字俗语），谜底是"人生地不熟"。谜面本是我国当代书法家名，今别解成"单单（仅只）晓得天"。由于古时把"天地人"称为"三才"，既然只是晓得天，可推知对地和人都是陌生的、不熟悉的了。故可将谜底顿读成"人生，地不熟"来扣合谜面。

谜面太泛

在制谜过程中，一底多面的情况是相当多的，但必须取材不同，刻画各异。同一扣法的面句，不能随便更改词汇；反之，同一取材，如既可用这句，又可用那句，谜面的内容怎样改变，都同样扣得住谜底。这种情况称为"谜面太泛"。猜这类谜面太泛的谜只能令人感到如喝白开水，淡而无味。例如"董存瑞，刘胡兰"（打国产影片名），谜底为"英雄儿女"。这条谜谜面任选一男一女英雄人物，如黄继光、邱少云、赵一曼、江竹筠等都可扣合，那当然毫无谜味可言。又如"蜀道之难难于上青天"（打水浒泊人物），谜底是"李云"。别解作是"李白所云"。但是李白说过的名言多矣，随便拿他说过的话都可以扣"李云"，当然乏味。

谜面抛荒

谜面上的个别字或词落实不到谜底上去，成为谜面上的闲字，术语称“抛荒”。这在借用成句入谜的作品中极易出现。凡是一句中的关键词，“抛荒”是不允许的，因为一“抛荒”，就会诱使猜者往闲字去思索，面底扣合就不严谨。如：“淡扫蛾眉朝至尊”（打化工品），谜底是“轻粉”。面句选自唐代张祜《集灵台》诗，说的是虢国夫人不施粉黛便去朝见君王，面句典雅，用“淡扫蛾眉”扣合“轻粉”别解为轻视涂脂抹粉，颇见传神。可惜“朝至尊”三字没有着落，抛荒了。又如：“水宿鸟相呼”（打物理名词），谜底是“共鸣”。面句出自杜甫《倦夜》：“暗下萤自照，水宿鸟相呼”。意思是说溪水边夜宿的鸟儿相互不断地呼唤。“鸟相呼”可扣“共鸣”，但“水宿”二字却无着落，抛荒了。

谜底踏空

谜底上的个别字或词在谜面上得不到反映，成为谜底上多余的闲字，术语称“踏空”。如：“汕”（打毛泽东诗一句），谜底为“一山飞峙大江边”。“江边”为“水”，与“一山飞峙”合成“汕”，但“大”字没有着落，踏空了。又如“谢客”（打陈子昂诗一句），谜底为“后不见来者”。“谢客”即不愿见来访者，可扣合谜底的“不见来者”，但“后”字却无着落，踏空了。如谜面改成“王夫人谢客”，

“王夫人”别解为“君王的夫人”即“后”，这样便使面底扣合贴切，无懈可击了。

用字差错

灯谜主要是利用汉字的各种变化，尤其是一字多义的别解手法而使底面扣合，因而制谜者一定要正确运用汉字，丝毫不能出差错。因为一条灯谜如果用错了字，就会使人无从猜起；同时由于底面之间缺乏逻辑联系，于理不通，从而无法相扣。如：“秋水共长天一色”（打国名），谜底是“波兰”。此谜尽管选用了唐代王勃《滕王阁序》中的名句作面，颇富诗情画意，然而面底却不能相扣，原因是作者把兰花的“兰”错当成蓝色的“蓝”来制谜。又如：“咳唾成珠”（打一字），谜底是“谁”。面句是成语，意思是吐词发论成珠玉，比喻言谈高明精当。但作者把谜底的“隹”误当作“佳”，从而误扣为“言佳”。实际上“隹”读音为zhūi，是一种短尾巴的鸟，与“佳”的含义大相径庭。这类差错往往是作者粗心大意造成的，只要在制谜时认真推敲检查，便可避免。

谜面更新

谜面更新指同样的谜目和谜底，用不同的别解方式去谋求不同的谜面，以达到不同的谜意效果。要注意不能依样画葫芦，机械地按照原来谜面的意思去更新谜面，而是应以各种灵活多变不落俗套的别解手法来求得意境上的创新。

谜目混杂

指一条灯谜包含两个或多个不同种类的谜目，由于谜目杂乱，往往给人一种非驴非马，不伦不类的感觉，从而使猜射的趣味性大为减弱。如："成也萧何，败也萧何"（打爆破器材一、邮政名词），谜底是"引信、死信"。据宋·洪迈《容斋续笔》："韩信为人告反，吕后欲召，恐其不就，乃与萧相国谋，给信入贺，即被诛。信之为大将军，实萧何所荐；今其死也，又出其谋"。谜面是一句有名的成语，意思是说，韩信之所以能统帅三军，乃得力于萧何的引荐；因而"成也萧何"，可扣合"引信"，"败也萧河"可扣合"死信"。本谜用典自然，扣合贴切，可惜两个谜目风马牛不相及，猜射起来总令人感到不够畅快。因此，制谜者应努力杜绝这类谜目混杂的现象，给猜射者创造一个和谐舒畅的意境。

用典失实

在运用典故制谜时，用典必须求实。因为既称"典故"，就一定有出处可查，即使是约定俗成之典也必须是"事出有因"。如果作者只求底面能够扣合，而不顾典实胡编乱造，这种现象称之为"用典失实"。如"阿斗聪敏"（打宗教名词），谜底是"禅机"。阿斗是三国时蜀汉后主刘禅的小名，"阿斗"扣"禅"，"聪敏"扣"机"，从灯谜扣合技巧上说还可还；但是历史上的阿斗却是一个以懦弱无能而著称的皇帝，因而“阿斗”也成了庸碌无能之辈的代名词，他有何聪敏可言呢？因此本谜用典失实是显而易见的。又如：“陈涉出文集”（打五言唐词一句），谜底是唐·杨炯《从军行》中的“胜作一书生”。陈涉即秦末农民起义领袖陈胜。谜底别解为“陈胜写作了一本书问世”。乍看本谜有别解，面底扣合也贴切，但遗憾地是犯了用典失实的毛病。因为翻遍了任何典籍，只知道陈胜是雇工出身，是揭竿而起的农民英雄，却从未提到过他写过什么文集。因此本谜之面只能说是作者为扣合谜底而妄下雌黄而已。由此可见，运用典故制谜固然可增加谜趣，但一定要准确翔实，持之有据，要是牛头不对马嘴，只能贻笑大方，传为话柄。

格助谜活

这是指在灯谜制作过程中，制谜者通过设“格”，使以前本来不能入谜的题材成为谜材，从而起到起死回生的作用。对制谜者来说，设“格”能够把某些难以制谜的词句进行适当的调整变换，以便构思更恰当的谜面，这就大大扩充了谜材的范围，给制谜者更广阔的思路及更多样的手段来增强谜趣和变化。对猜谜者来说，只要熟悉谜格规则，猜射非但不会增加难度，反而能够知格通变，容易在既定的范围内胸有成竹地探索出谜底来。

谜面加注

谜面加注指在谜面文字后再加上一句附加语，暗示谜面或谜底需要增加某个字、某个偏旁部首或剔除某个字、某个偏旁部首才能扣合。这些附加语除了表示自谦或自诩之外，也有其他鼓励性或逗趣性的词语等。表面看来，这些附加语似乎是附带一提，无关痛痒，实际上是作者故布疑云，巧设机关。因此，猜者除了推敲谜面外，还须将这些附加语作为重要因素考虑进去，这样才能不鹄。例如“二”（打聊目二），谜面注有“此谜出丑”，谜底是“王十、牛飞”。这里“此谜出丑”，貌似谦虚，实际上是暗示谜底中要出现“丑”，亦即“牛”字。这是按地支配生肖，丑与牛相配，以“王十飞”来扣合谜面。又如“不废长河万古流”（打我国围棋手），谜面注有“此谜猜中得现金”。谜底是“江铸久”。谜面“不废长河万古流”扣合“江寿久”。要使“寿”变成“铸”，须在寿字旁出“现”一个“金”。这就是“此谜猜中得现金”的庐山真面目。又如“旭日临窗，易然命笔”（打法律名词），谜面注有“谜底无人可猜中”。谜底是“旦书”。谜面加注语似乎是作者自微之词，其实是暗示谜底撇开“人”字偏旁不猜，将“但书”作“旦书”来猜即可与谜面扣合。

一字反义法

谜面是一个字，谜底也是一个字，但谜底的单字能拆开以反面的意思烘托谜面。如字“武”打“斐”字（非文）“男”打“嫫”（莫女），“鬼”打“俳”（非人），“黑”打“皈”（反白），“乐”打“褒”（休哀），等等。

有典化无典

指谜面似乎是借用典故，实际上却布下谜阵，瞒天过海，用其文而避其义，通过对谜面进行别解，从而把谜底推出。如：“细君”打三字口语“小皇帝”。“细君”的典故是：汉武帝赐肉给群臣，东方朔抢先拔剑割了一块肉，想带回家。武帝问他为什么，他说带回去给“细君”。细君是东方朔妻子的名字，后人遂以“细君”泛指妻子。今撇开原典，将“细君”别解成“小君主”，以“细”扣“小”，“君”扣“皇帝”，遂得出谜底“小皇帝”，又如“莫须有”（打四字口语），谜底：“不要胡来”。谜面的典故是：南宋奸臣秦桧为了投降金国，就诬陷奋力抗金的爱国将领岳飞，并把他逮捕下狱。大将韩世忠问秦桧：岳飞犯了什么罪？秦桧说：岳飞的罪“莫须有”。意思是“也许有”。韩说：“‘莫须有’三字何以服天下！”后遂以指捏造诬陷的罪名。此谜不按原典正面会意扣合，却将“莫须有”别解为“不要有须（胡子）”来扣合谜底“不要胡来”，从而达到有典化无典的作用。

正字反侧法

以单字正写为谜面，猜射时在谜底作字体形态的反侧变动，以使面底相互扣合。如“目”打“置”字，解作将四字直起来放便成为“目”字；又如“爿”打“版”字，解作将“片”字反转过来即成“爿”字。再如“半”打成语“本末倒置”，解作“半”是“末”字倒转过来放置而成的。

题外暗扣法

本法通常应用于即景谜中。猜射这类谜除了根据谜面的含义外，还应附加一些有关的题外内容来暗中相扣。如猜射时的日期、地点、场合、对象，谜面引文的出处与作者，甚至该谜条的作者（如果谜条上注明的话）等内容都可能涉及。在猜射时应根据具体情况，具体分析对待。根据时间暗扣的谜，如在十月一日国庆谜会上挂出这样一条谜“今天万民同庆”（打影片名三），谜底是“中华儿女、祝福、妈妈的生日”。“今天”暗扣国庆节，也就是祖国母亲的生日。根据场合和对象暗扣的谜——在1986年桂林漓江风光，一边举行竞猜活动，当时有位谜友即席挥毫挂出一谜：“此时此地”（打国画家），谜底是“李慕白”。面句出自唐李白《与韩荆州书》：“白闻天下谈士相聚而言曰：‘生不用封万户侯，但愿一识韩荆州’。何令人之景慕，一至于此”。谜底的“李”暗指李白，韩荆州即韩朝宗，曾任荆州大都督府长史，当时以善于识拔后进，在士流中享有盛名。根据制谜者姓名暗扣的谜—如“众人皆醉唯我独醒”（打现代作家），谜条上注明制谜者为朱。这条谜的谜底是

“朱自清”。“自清”与谜面题意扣合，“朱”暗扣制谜者本人，谜底别解为“唯有我朱某一个人清醒”。

“脚趾动”谜

所谓“脚趾动”谜，是指过于曲折隐晦、钻牛角尖的灯谜。谜面扣合谜底一般只需转一个弯即可，如转两三个弯，就过于晦涩难懂，令人丈二和尚摸不着头脑。“脚趾动”谜这个概念，首先是清代小说家李汝珍通过《镜花缘》里一段谜论提出来的：“大凡做谜，自应贴切为主；因其贴切，所以易打。就如清潭月影，遥遥相映，谁人不见？那难猜的，不是失之浮泛，就是过于隐晦。即如此刻有人脚趾暗动，此唯自己明白，别人何得而知。所以灯谜不显豁，不贴切的谓之‘脚趾动’最妙”。例如这样一条谜：“无边落木萧萧下”（打一字），谜底是“日”。作者是采用南朝宋、齐、梁、陈历史顺序的典故，齐朝和梁朝的帝王都姓萧，用“萧萧”扣“齐梁”“萧萧下”就是“陈”了。陈的繁体字是“陳”，“无边”是去掉“陈”的“阝”，“落木”再去掉“东”之“木”，繁体字“折”去掉“阝”和“木”就剩下“日”字了。这条谜的弊病，就是谜面线索埋得太深，转弯太多，过于晦。对于谜面“萧萧”二字就是暗喻齐梁二帝王之姓氏，“此唯自己明白，别人何得而知”。因此，说这条谜是“脚趾动”谜典型之一，看来并非过分。

第三节　灯谜的规则

1. 谜底不能“露面”，即谜面中已经有的字不能在谜底中出现。

2. 谜底和谜面不能“倒吊”。

3. 谜底与谜面之间不是本义直解，必须有别解。

4. 谜底不能以谐音扣合谜面（标格的除外）。

另外，灯谜与民间的谜语有着根本的区别。

第四节　灯谜的格

1. 梨花格谜底必须是两个字以上，以谐音扣合谜面。

2. 卷帘格谜底必须三个字以上，从后向前读之成文，扣合谜面。

3. 徐妃格又称半妆格，谜底必须两个字以上且或右或左同方向的偏旁相同。

4. 探骊格又称骊珠格。

另外还有：

秋千格、上楼格、下楼格、调首格、调尾格、双钩格、蕉心格、白头格、粉底格、虾须格、燕尾格、遥对格、求凤格等。

第五节　作灯谜的方法

字谜、人名谜和地名谜的制作方法

一、会意法

按照字本身所表明的意义，用提供线索的办法制成谜语。如字谜“下是在上边，上是在下边，不是在上边，生就在下边”，谜底是“一”。又如“风平浪静”，谜底是“宁波”等。

二、离合法

把某个字的形状比划，或者一部分结构分开，然后又巧妙地组合起来。如“你一半，我一半”谜底“伐”。

三、误会法

利用汉字一字多义，或者特殊形状，故意在词意上设置障碍，使人产生误会。如“指东说西”谜底“诣”。

四、象形法

按照某字的字形，制成谜面。如锅子炒黄豆，两颗掉到锅外头（打一字）——心。

五、置换法

巧妙地把某字的一部分去掉，而用另一字或另一字的一部分换进去，使之成为一个新字。如：挖掉穷根巧安排（打一字）——窍。

六、别解法

利用汉字一字多义或形状、字音上的某些特点而制成的谜。如：坐船规则（打数学名词）——乘法。

七、反射法

根据某一字的意思，从反面去制作谜面。如：无一死亡（打生物学名词）——共生。

八、分扣法

汉字中有许多字是由几个字组成的，因而可以把某一字分成若干部分，按照每一部分包含的意思，使之完整地表达一个意思制成谜面。如：立春时节雨纷纷（打一字）——泰。雨纷纷就是没有太阳（日）只有（水）。

九、剔除法

把一个字的某部分或某些笔划，用含蓄的词句把它剔掉，使之成另一个字。如：干涉（打一字）——步。

十、隐藏法

用生动、巧妙的词句把谜底隐藏在谜面之中，使人通过思索才发现。如：金银铜铁（我国一地名）——无锡。

第六节　物谜的制作方法

一、直描法

谜面通过比喻、状物，直接描写物的形貌、动态、本质和作用，只抓住其中一点，加以渲染，使猜者一时不易捉摸。如：一朵芙蓉头上戴，锦衣不是剪工裁，虽然不是英雄汉，唱得千门万户开——公鸡。

二、象形法

抓住事物形态特征，并把它和相似的事物联系起来，制成谜面。如：麻屋子，红帐子，里面睡个白胖子——花生。

三、反比法

按事物的形态特征，从反面去构思造像，但这种事物必须是能进行反比的。如：不是桃树却结桃，桃子里面长白毛，到了秋天桃子熟，只摘白毛不摘桃——棉花。

四、矛盾法

利用事物本身存在的矛盾的不同方面，采用对比方法来描述。如：一家分为两院，弟兄姐妹众多，多的要比少的少，少的反比多得多——算盘。

五、类比法

借用好多不同的事物，来描述某类事物的特征。如：大姐用针不用线，二姐用线不用针，三姐点灯不干活，四姐做活不点灯（打四种小动物）——蜜蜂、蜘蛛、萤火虫、纺织娘。

第七节 猜灯谜的历史发展

古代，每届元宵节，人们总要分曹射覆，引为笑乐。灯谜最早是由谜语发展而来的，起源于春秋战国时期。它是一种富有讥谏、规诫、诙谐、笑谑的文艺游戏。谜语悬之于灯，供人猜射，开始于南宋。《武林旧事·灯品》记载："以绢灯剪写诗词，时寓讥笑，及画人物，藏头隐语，及旧京诨语，戏弄行人。"

元宵佳节，帝城不夜，春宵赏灯之会，百姓杂陈，诗谜书于灯，映于烛，列于通衢，任人猜度，因此称为"灯谜"。猜谜变成灯谜，还有个有趣的故事。相传很久以前，有个财主，人称笑面虎。他见了衣着体面的人，就拼命巴结；见了粗衣烂衫的穷人，就吹胡子瞪眼。有个叫王少的青年，曾因衣服穿得破烂，一次去借粮时，被他赶出大门。王少回去后越想越气。于元宵之夜，扎了一顶大花灯，来到笑面虎家门前。这大花灯上题着一首诗。笑面虎上前观看，只见上面写着：

头尖身细白如银，
称称没有半毫分。
眼睛长到屁股上，
光认衣裳不认人。

笑面虎看罢，气得面红耳赤，暴跳如雷，嚷道："好小子，胆敢来骂老爷。"便命家丁去抢花灯，王少忙挑起花灯，笑嘻嘻地说："哎，老爷莫犯猜疑，我这四句诗是个谜，谜底就是'针'，你想想是不是。这'针'怎么是对你的呢？莫非是'针'对你说的，不然你又怎么知道说的是你呢？"笑面虎一想，可不是，只好气得干瞪眼，灰溜溜走了，周围的人都乐得哈哈大笑。这事传开后，越传越远。

第二年元宵，人们纷纷仿效，将谜语写在花灯上，供人猜射取乐。因此就叫“灯谜”。以后相沿成习，猜灯谜、打灯虎成了元宵佳节的重要活动内容，《红楼梦》里有好几个章回都描绘了清人制猜灯谜的情景。灯谜活动，一直传至今天。春灯谜语，虽属艺文小道，然上自天文，下至地理，经史辞赋，现代知识，包罗无遗，非有一定文化素养，不易猜射；而其奥妙诙奇，足以抒怀遣兴，锻炼思维，启发性灵，是一种益智的娱乐活动。

第八节　如何猜灯谜

猜谜和制谜是一种启迪智慧、增长知识、开阔眼界和丰富文化生活的文艺活动。灯谜的特点也是熔趣味性和知识性于一炉，因此长期以来人们喜闻乐见，不但在中国境内盛行，远至美国的唐人街或近在东南亚各地每逢新年、元宵节或中秋节多有举办灯谜会，颇受人们喜爱。

灯谜这项活动在本地毕竟还不是一项很普遍的文艺活动，为使初学者能了解灯谜的基本法则和掌握一些技巧，先来介绍一些猜谜方法，以引起初学者对猜谜的兴趣，进而使大家得到艺术上的享受。

灯谜的由来，源远流长，据专家考证，至今最少已超逾一千五百年。

第九节　猜灯谜的规则

做诗有做诗的规则，它讲究押韵；做对联有做对联法门，它讲究平仄和对仗。猜灯谜也有两条约定俗成的规则：第一，单纯的词汇解释或知识问答，不能算是灯谜，就算是谜语，也只能被看做是低级的作品。例如：人人都知道“桂林山水甲天下”，若以“山水甲天下”猜中国地名“桂林”，这纯属一种文字解释，毫无谜味。如果以“山水”合成“汕”字，“甲天下”会意为“头”字，而猜作“汕头”，底、面两个原本毫不相干的文句，却能互相搭配，岂不趣味盎然。第二，谜面上的字，绝对不能在谜底出现，除非有标明露春格，否则，底、面不能相犯，例如以“普天同庆”猜店招“大家乐”，很多人猜“全庆”。因为谜底已犯着一个“庆”字，这个答案就肯定不能成立了。

第十节　谜题的种类

灯谜的猜射法和制作法，基本上是同一种法则，只不过作者是有了谜底，然后根据一种谜体或谜格去求出谜面；而猜者则是参考多种谜法，循规律去思索，寻找谜底。

灯谜的谜题多种多样，基本上可归纳成以下几种方法：

一、正扣法

正扣法也称正面会意法或正猜，此方法是根据谜面所表达的正面含义，不抄曲径，直接去领会、推理，从而联想出谜底。例如以“猜谜的益处”猜影星“利智”，这道谜语就是进行正面分析，理解为“猜谜有利于启迪智慧”而扣合谜面。以“择日乔迁”猜成语“改天换地”，就是直接会意为改天换地址。

二、反扣法

猜谜倘正扣法行不通，便要变通扣法，不可在单一种扣法中钻牛角尖，否则你将永远找不到谜底。反扣法也称反面会意法，此法与正扣法恰恰相反，是根据谜面的暗示，从反面去推理，寻求谜底。例如以“暗语”猜俗语“不明白”，以“必须制作优良产品”猜成语“不可造次”（解作不可制造次等货）。底和面虽说法相反，但原义却是同一样的。

三、侧扣法

此法不是从正面会意，也非由反面猜射，而是由侧面衬托或由中间突出。例如用“早晚食斋”猜食物“午餐肉”，意思是早上和晚上才食斋，从而衬托出午餐是食肉了。以“进退皆忧”猜成语“乐在其中”就是解作进亦忧，退亦忧，便夹击出“乐”在中间了。

四、别解法

别解法是利用汉字一字多音、多义的特点，改变本意，另作解释。使谜语妙趣横生，这种手法一向被推为正宗灯谜。例如以“成人电影”猜成语“大有可观”，大有可观原本解作内容丰富或很有希望，但这里则别解作“大人才有机会观看”，这是属于谜底别解。

还有采用谜面别解者，例如以“不老实”猜植物“长生果”，谜面的“实”字不作“诚实”解，而别解为“果实”，再以“长生”扣“不老”，构成谜底“长生果”。

五、增字法

增字法是给谜底或谜面增加某些字或字的偏旁、部首，组成另一个字或词。例如“更”猜成语“与人方便”意思就是“更”字增加“人”旁方成为“便”字，以“青”字猜常用语二，谜底是“不放心”“难为情”，意思就是“青”字要放一个“心”字才成为“情”字，这则谜语的妙处是用反语来解答。

六、损字法

损字法是把谜面的字去掉某些笔画而得出谜底。例如古谜“春雨连绵妻独宿”，猜“一”字，意思是“春”天下雨就看不见“日”，妻独宿即“夫”不在，“春”字去掉“日、夫”二字成“一”字。以“个个不落后”猜简体字“丛”字，谜面前三个字别解都落掉后面一部分，成“人、人、一”三个字，合成“丛”字。

七、增损法

增损法是同一谜语中，它结合了前面所述的“增字”和“损字”二个法门。例如“身残心不残”猜“息”字，以“身残”扣“自”字，以心不残扣“心”字，先损后增，扣合谜底“息”字。以“菜田锄草浇水”猜“潘”字，意思是先将“菜”字去掉草头，合“田”成“番”字，再浇“水”便成“潘”字，增损并用，趣味无穷。

八、组合法

组合法是将谜面的字或有关笔画直接组合起来。例如“八九不离十”猜“杂”字，意思就是把“八、九、十”三个字不分离地加起来成“杂”字。以“心大一点”猜“态”字，即是把“心、大”组合起来。

九、分离法

分离法与组合法相反，把谜面的字划折开分成若干部分，即成谜底。例如以“杂”字反过来猜常用语“八九不离十”也是一条好谜。以“莘”字猜成语“三十而立”也即是把“莘”字折开来扣合谜底。

十、离合法

此法是综合上述组合及分离二个法门，即将谜面的文字进行拆离然后组合之。此法与增损法近似，例如：“梧桐半死清霜后”猜“霖”字，意为“梧桐”各取一半得两个

“木”字合成“林”，“清霜后”将“霜”字清除后半截剩“雨”字，两者再结合成“霖”字。以“春末夏初”猜“旦”字，也是以“春末”扣“日”字，夏的初始扣“一”字，然后组合成“旦”字。

十一、参差法

参差法是将谜面的字调整结构、重新搭配，组合成另外的字。例如“情景交融”猜“惊、晴”二字，是将“情”和“景”的部位互相交换一半而达成谜底。

十二、移位法

移位法通过移动某个字的部位而达到底面相扣。例如“晖”猜成语“晕头转向”，就是“晖”的形成是由于“晕”的头部转了方向而所致。以“旭日悬空”猜“旯”字很清楚地是将“旭”字的“日”字移动到上头去了。

十三、抵消法

抵消法是根据谜语的含义自行消掉某些字，使余下的字能促成底面相扣合。例如“废品不废”猜剧目“三岔口”，谜面“废”与“不废”相抵消，仅存一个“品”字，再将“品”字分离而扣合“三岔口”。这是一条属于谜面相消的谜语。

现在介绍一则谜底相抵消的古谜供大家欣赏，古人曾以“晋人有冯妇者”用“对格”来猜论语二句，谜底是

“叶公问孔子于子路，子路不对。”其妙处是谜面求对，只能对到“叶公问孔子于”而已，多出“子路”二字，照理是不能成对的，幸而第二句“子路不对”相消了第一句“子路”二字，而扣合谜面，真是佳偶天成，绝妙好谜。

十四、包含法

包含法就是把谜面的文字找出共同包含的笔画或部首作为谜底。例如：“提倡晚婚，个个有份”猜“日”字是指谜面第一句“提倡晚婚”四字，个个都有“日”字的份。例如俗谜：“地没有天有，妻没有夫有，我没有你有，马没有犬有”每一句都包含了一个共同的字，那就是谜底“人”字。

十五、漏字法

漏字法是选用有规律的词组、成语或常用语，故意地漏去一、两个字，谜底即以漏掉的字配合适当的否定词组成。例如以五金中的“金、银、铜、铁”猜中国地名“无锡”。以七色中的“赤、橙、绿、蓝、紫”猜成语“青黄不接”。更有人以“二三四五六七八九”猜“缺衣（一）少食（十）”都是属于这类漏字法。

十六、运典法

运典法是运用人们熟知的典故，猜时，首先要明白典故的内容或来源，然后进行会意，才能轻易找到谜底。例如以“鹬蚌相争”猜保险名词“受益人”，原典鹬蚌相争，渔翁得利，渔翁是人，所以猜“受益人”。再以“揠苗助长”猜成语“不能自拔”也是运用了成语典故。入谜最多的还是运用历史典故，例如“斩蔡阳”猜水浒人名二，谜底是“关胜，张清”，这是运用三国演义古城会的典故，说关羽斩了蔡阳，使张飞清醒，兄弟释疑，和好如初。

十七、问答法

问答法是谜面提出问题，谜底则进行解答，但必须是曲解，才算是灯谜。例如以“如何是好?”猜体育名词“女子组”，此谜先将谜面解读成如何是“好”，谜底则回答必须是由“女”和“子”二字组成。以“吧?”猜千家诗一句，谜底是“借问酒家何处有”，原来，谜面的“吧”字要解作“Bar”的中文译名，而猜“酒家”，那个问号，正是“借问何处有”，扣合得相当有趣。

十八、叠字法

叠字法谜面由叠字组成，结合计算法扣切谜底，例如以“泳泳泳泳泳泳”猜古人“陆游”。谜面六（大写陆）个“泳”字，“泳”即“游”也。以“林木森森”猜“杂”字，以“人众从众”猜“仇”字都是属于叠字法。

十九、排除法

排除法就是排除易猜到的谜底，而明确指出应猜别的谜底。例如："一木口中栽，非困也非呆"，猜一字，谜底应排除"困"和"呆"，而只好猜作"束"字了。以"木字多一撇，不作禾字猜"而猜"移"字。

二十、象形法

利用中文是象形文字，取其笔画，结构或部分或全部来比拟成某种物形。如"人"象形为"飞雁"，"虫"象形为"孤帆"，"、"象形为星星、药丸、瓜子、泪珠，等等。例如："双雁齐飞"猜"从"字，"三星伴月"猜"心"字。

第六章　字谜

第一节　字谜简介

字谜，是一种文字游戏，也是汉民族特有的一种语言文化现象。它主要根据方块汉字笔画繁复，偏旁相对独立，结构组合多变的特点，运用离合、增损、象形、会意等多种方式创造设制的。字谜，有广义、狭义之分。广义的字谜，指所有的文字词语谜，如字类谜、词类谜、句类谜等。狭义的字谜，指单个汉字的谜语。后者注重文字形体的组合及偏旁部首搭配，要从形态、功用和意义上对谜底汉字各个组成部分作多角度描绘，词句简短，行文措词和谜面修辞技巧也比较高。本书主要讨论的是狭义字谜，即字类谜。

字谜，在我国有悠久历史，流传面广，种类繁多，变化无穷。它在文人雅士中流行，也曾被政治斗争和图谶术数所利用。到了现代，字谜更多的是作为一种层次较高的娱乐活动在民间流行，受到广大人民群众喜爱。人们通过字谜这种形式，对楷体汉字进行了种种不依文字学原则的拆分离合，在这种变幻莫测的形体离析过程中，不仅突现了汉字本身所蕴含的形体结构特点，也充分表现了人们对汉字形体结构的直观认识。研究字谜，可以显示字谜内部蕴含的编创设计规律，有利于整理民族传统文化，揭示游离于正统文字理论之外的楷体汉字民俗阐释特点。

第二节　字谜的艺术构成

从字谜语言结构的表现方式上看，字谜由三个部分组成：谜面、谜底和谜目。

谜面，是猜谜时说出来或者写出来给人做猜谜线索的话语。谜底，就是要人去猜测的本体事物。谜底是谜面意义的真实所指，在绝大多数字谜中，一个谜底就是一个汉字。

字谜与其他艺术形式一样，它最能令人回味欣赏和吸引人注意的，就是它的外在表现形式——谜面。谜面，集中地体现了字谜艺术的精华。它通常由简短精练而寓于形象表达能力的字词、短语、句子或歌谣诗词等形式组成。谜面语言，有着十分特殊的要求。首先，它要简洁明了，生动形象，通俗易懂。字谜的谜面，一定要借助事物的形象，将谜底汉字的主要特征鲜明生动地表现出来。堆砌冗长晦涩、枯燥无味的概念术语，是不会受人欢迎的。其次，它还要对谜底的主要内容，如汉字的笔画、形状或者汉字的语词意义等典型特征，作高度集中的概括，为人们寻找和揭示谜底提供真实可信的依据。如果谜面提供的条件不够充分，人们不能通过这个谜面找到谜底，那就是面底相违，谜面不合谜底了。第三，谜面一般不宜使用直接方式对谜底汉字特征作正面描绘，它要十分巧妙地隐藏起自己对谜底汉字诸种条件的表达。一个好的谜面，应该含蓄委婉，隐晦曲折；毫无遮挡、直截了当的表达，都会破坏字谜的趣味，使谜语失去它应有的价值。因此，谜面语言通常是采用一段别有所指的、充满暗示意味的话语。它表面上是在叙说一件与谜语真实意图完全无关的另外事情，诱导人们朝着与谜底内容完全相反的道路走下去，另一方面却又与谜底汉字密切贴合，由此就造成了谜面中的“别解”。谜面别解，是增添谜味，完成字谜制作的主要手段。

下面举例说明这一点。如：“鸟落山头不见脚，四处皆水无处找。”这段话描绘了一个奇特生动的场景：一只大鸟飞到一座山头上，停落下来之后，才发现这里到处都是水，连自己的脚也因此失落找不到了。谜面叙说的情景固然奇异，但这并不是它所要表达的主要意义。在谜面的直接意义之外，它还隐含着另一层更深的含义。谜面在叙说大鸟和山头情景的同时，也提出了各种条件或规定。这些条件和规定，都与谜底汉字有一定联系。“鸟”“落山头”“不见脚”“四周皆是水”，就是谜面给我们显示的各种条件。符合这些条件的汉字，才是谜底。一个没有脚的鸟（乌），落在“山”头上，应是“岛”字。而“岛”字之义，也正符合“山下四周皆水”的要求。可见，谜面语言，类似于一个充满了暗示性含义的隐语，它是在一种闪烁其词的外表下，准备好了猜谜所需要的各种条件和种种线索。猜谜者不能被它的表面语意所迷惑，要做的应该是，思考和理解这段“隐语”的真实含义，依据谜面所显示的各种规定和限制，找到符合条件的正确答案。

一个完整的字谜，在谜面、谜底之外，还要有谜目。谜目，是隶属于谜面，对谜底范围和数量起某种限定作用的词语。谜语的范围相当广，它不仅包括字谜，还包括物谜和事谜。物谜，指谜底是具体事物的谜语。事谜，指谜底是某种行为、动作的谜语。物谜和事谜，不仅谜底的范围与字谜大相径庭，谜面设计和表达也有很大差别。为了使猜谜都明确所要猜射究竟是哪一类谜底，就要在谜面当中使用谜目，规定出谜底的大致范围。字谜谜面结束的时候，往往会用括号说明“打字”或者“猜字”，以便人们明白这条谜语是用来猜字的。在字谜中，谜目的另一特殊功用是来区分一面一底谜和一面多底谜。一面一底谜，就是一个谜面只有一个谜底。绝大数字谜都属于这种类型。一面多底，就是一个谜面有两个或两个以上的谜底。这也是字谜中经常用到的。如：

例1　唯有绿杨堪系马。(打一字)　杵

例2　他俩差点都当兵。(打二字)　乒、乓

例1是一面一底谜，例2是一面多底谜。如果仅从谜面的字句上看，一面一底谜与一面多底谜在表达上没有明显区别。在一句话的谜面中，只要符合条件，就可以用它来制作一底字谜，也可以用它来制作两底或两底以上的字谜。为了使猜谜者明白这个谜面的确切所指，就还在谜面后面用“打一字”“打四字”等方式，规定谜底字的数量。谜目对谜语类别与谜底字数的规定和限制，给猜谜者指明了谜路，也扩大发挥了谜面的作用。

第三节　绚丽悠长的历史

最早的字谜大约产生在汉魏年间。刘勰《文心雕龙·隐篇》说：“自魏以来，颇非俳优，而君子嘲隐，化为谜语。”刘勰说谜语产生于魏代，是因为那时的文人创作了许多独立完整的字谜。如当时大文学家孔融写的一首“离合作郡姓名字诗”，每句四言，每四句或两句隐射一个字。全诗长二十二句，共八十八字。全文如下：

渔父屈节，水潜匿方；与时进止，出寺驰张。吕公矶钩，阖口渭旁；九域有圣，无土不王。好是正直，女回于匡；海外有截，隼逝鹰扬。六翮将奋，羽仪未彰；龙蛇之蛰，俾它可忘。玫璇隐曜，美玉韬光。无名无誉，放言深

藏；按辔安行，谁谓路长。

这首诗的谜底连起来读是“鲁国孔融文举”（孔融字文举）。孔融的这首离合诗，现在已被公认为我国最早制作的完整而成熟的字谜了。这一时期，除了诗歌形式之外，人们还常常借助语言以外的实物来隐曲地表达文字之谜。《世说新语·捷悟》记载，杨修做主簿时，一次为曹操修建国府。在始构屋架时，曹操出来巡看，颇不中意。于是在相国府门上大题一个“活”字，不发一言就离开了。杨修一见此字，立即叫人把相国府的门拆去重修。他说：“‘门’中加‘活’字，就是‘阔’字。魏王是嫌门太小了呀。”这件事传开之后，曹操的制谜之巧，杨修的辨谜之捷，都被当时人们传为美谈。到了两晋南北朝时期，字谜就已经流行了。不少文人名士都嗜好字谜，引为雅乐。晋朝的潘岳，南朝宋国的谢灵运、谢惠连、鲍照，齐国的王融，梁国的萧巡之、陈沈炯等人，都制作了许多类似孔融的离合体字谜。当然，从这一时期的制谜技巧来看，有了很大发展。在离合文字偏旁之处，还揉合了象形、比说、会意以及名物文化等许多方法，对后世字谜产生了积极影响。

唐宋元明时期，制谜和猜谜的风气非常盛行。字谜也不再局限于文士之中，而是浸透了社会生活的各个角落。童谣歌赋、符瑞图谶、碑额书题、印章绘画、小说笔记、百戏技艺、酒令暗语中，都可以看到字谜留下的种种痕迹。

上至帝王将相，下至士民百姓，皆以谜为乐，以谜为戏，竞相猜测，蔚为一时风气。宋元时代，编字谜与猜字谜还被当做一种技艺，有人竟能以此为业，赚钱谋生。其中佼佼者，竟能名播四方，流芳百世。宋·吴自牧《梦粱录·小说讲经史》记："商谜者，先用鼓儿贺之。然后聚人猜诗谜、字谜、戾谜、社谜，本是隐语……杭之猜谜者，且言一二，如有归和尚及马定斋，记问博洽，厥名传久矣。"正说明了当时字谜流行的盛况以及人们对能制谜、猜谜者的尊崇。

字谜在历史上的作用，主要表现在以下五个方面：

（1）利用字谜，为政治宣传和外交活动、军事斗争服务。《古微书》中引《孝经援深契》，有谶语："宝文出，刘季握。卯金刀，在轸北。字禾子，天下服。""卯金刀"，合之为"刘"；"禾子"，合之为"季"。汉高祖刘邦，字季。这条谶语显然是刘邦将要统一天下，为君王帝位神授制造舆论的。

字谜在外交场合中也常被用来当做一个斗争武器。《三国志·吴书·薛综传》记：蜀汉张奉出使吴国时，曾在孙权前用字谜嘲笑尚书阚泽的姓名。阚泽不善此道，不能作答。张奉不免沾沾自喜，以为丢了吴国人的脸。这时吴国大臣薛综出席对答，说："我有一谜向先生请教：'有犬为独，无犬为蜀；横木苟（句）身，虫入其腹'。"这首谜诗处处扣住“蜀”字，张奉感到国名受辱，于是勉强答道：“请再用这种方法比喻你们的吴国吧。”薛综应声答道：“无口为天，天口为国；君临万邦，天子之都。”于是列官员皆嬉笑，张奉自取其辱，尴尬异常。

在军事斗争中，字谜也常用来作为军事行动的联络暗号。唐武则天在位时，徐敬业集合扬州军队准备谋反，中书令裴炎在朝廷内部策应。结果谋事不密，反致泄露。朝廷在审讯裴炎谋反案时，只发现他给徐敬业的一封信，上面仅写“青鹅”两字。满朝文武皆迷惑不解，最后由武则天识破，说：“此乃隐语。青者，十二月；鹅者，我自与也。”原来，“青”字可以拆成“十二月”三字体；“鹅”字可以分离为“我自与”三字。裴炎是以此约定徐敬业十二月起义，他再从内部动手。自此，裴炎伏法，谋反事败。

人民群众在反抗封建统治，发泄不满情绪时，也常以字谜作斗争武器。《后汉书·五行志》记，汉末献帝时，董卓擅权，颠乱朝纲，鱼肉百姓，引起人民的强烈不满，因而京城人民编制童谣：“千里草，何青青；十日卜，不得生。”童谣中的“千里草”，合为“董”字；“十日卜”合为“卓”字；“何青青”、“不得生”是说董卓虽然威势赫赫，但总逃脱不了人民的惩罚。此歌巧妙地诅咒了这个专横跋扈、丧尽天良的当权者。

（2）字谜是古代谣谚、诗歌、小说、戏剧及各类文艺作品中的重要组成部分。早在魏晋南北朝的字谜初起时期，古诗歌谣就已经充分吸取了字谜的各种表现形式。清·翟灏《通俗编·识余》记，六朝乐府的子夜、读曲等民间歌谣中，就多以谐音法隐喻诗字之意。如："雾露隐芙蓉，见莲不分明。"以"芙蓉"为"夫容"；以"莲"为"怜"（爱）。"朝看暮牛迹，知是宿蹄痕。"以"蹄"为"啼"。"东边日头西边雨，道是无晴还有晴。"以"晴"为"情"。此种谜例无数，不可尽举。当时文人也多扣住谜意，创作出许多别有情味的古诗。如南宋诗人谢灵运写的离合诗："古人怨信次，十日眇未央。加我怀缱绻，口咏情亦伤。剧哉归游客，处子勿相忘。"此诗五言六句，诗面极写离别伤感之情。每两句之中，又用离合法各自隐含"口""力""刀"三旁，合成后成"别"字。像这种诗意（谜面）与谜底同意相承的古诗，都有极高的写作水平。古诗歌中的字谜隐意别指的方式，由于能够委婉曲折地倾诉诗人的情感，使诗味更加含蓄浓郁，因而多被后代诗人承继。如唐·孟迟的《闺情》诗："山上有山归不得，湘江暮雨鹧鸪飞。""山上有山"，既写了旅途的艰险，又暗藏着一个"出"字，最大限度地挖掘了汉字的表达能力，犹如画龙点睛之笔，顿使全诗增辉。宋·苏轼的《夜烧松明火》："坐看十八公，俯仰灰烬残。"用"十八公"暗藏一个"松"字，拟人比物十分巧妙，亦得力于字谜的离合之法。

小说戏曲中使用的字谜，也常常成为整个故事情节的重要环节。唐·李公佐写的传奇小说《谢小娥传》，说谢小娥的父亲与她的未婚夫外出被贼人所杀，谢小娥当夜就见其父托梦说："杀我者，车中猴，门东草。"又梦见其未婚夫说："杀我者，禾中走，一日夫。"此二语中隐含了凶手"申兰""申春"二人的姓名。谢小娥破谜后，女扮男装，明察暗访，果然报了杀父杀夫之仇。这种以字谜为主要线索，扣住凶手，帮助破案的故事，构思甚为别致奇特，开后世字谜进入小说故事的先河。戏曲中，字谜更是大显身手，妙趣横生。元代董解元的《西厢记》写张生与莺莺私约相见，就有托红娘传递的一首诗《明月三五夜》，诗中以"三五"暗指"十五"日夜晚。这时莺莺回书作谜时因羞涩忸怩的故作怒态，红娘不解字谜的张皇失措，以及见到张生见谜、破谜之后的喜不自禁，都使全剧达到一个高潮。

(3) 古人也常用字谜来测智、量才、逗趣，并在酒宴游乐等各种聚会场合充作雅乐。对破解字谜的徐疾快慢，是古人辨识对方才智高下的一个方法。《世说新语·捷悟》记魏武帝曹操曾率军路过曹娥碑，见碑背题有："黄绢幼妇，外孙臼。"于是问主簿杨修："解否?"杨修答道："解。"魏武帝说："卿暂且不说，待我思之。"行军三十里，魏武帝才说："吾已得之。"两人互对答案，知"黄绢"是一种有色的丝，"纟""色"相合为"绝"；"幼妇"是"少"

“女”，合之为“妙”；“外孙”，乃“女”之“子”，相合为“好”；“臼”，是承受辛辣之物，“受”“辛”相合为“辤”（辞）。石碑谜隐“绝妙好辤（辞）”四字。此谜一揭，魏武帝十分感叹，说：“我才不及卿，乃觉三十里。”

在酒席宴乐等各种聚会场合，人们也常以字谜代替酒令歌舞助兴，对猜中的人进行奖赏，对猜不中的人进行惩罚。北魏杨炫之《洛阳伽蓝记》记，一次，北魏孝文帝设宴招待群臣，酒酣兴起之时，举杯口占一谜：“三三横，两两纵，谁能辨之易金钟”。“三三横，两两纵”是拆卸“羽”字笔画，“金钟”是酒杯，古代又称“大白”。“羽”字加“白”合为“习”字。此谜为彭城王猜中，举座大欢。元·高德基《平山记事》说，元达鲁花赤八剌脱为国公时，一日燕集，曾随口行令：“一字有四个口字，一个十字；一字有四个十字，一个口字。”前两句指“图”，后一句指“毕”。此谜难度较大，在座的谁也没猜中，结果每人都罚了一大杯酒。

（4）古代字谜中往往还隐藏着古书的著者姓名，古碑古墓的建造重修年月及碑主墓主姓名及形成年代。是否了解字谜的特殊表达方式，能不能准确地破译古代字谜，往往就成为考证和辨识古书故物的关键。东汉光武年代有一本著名的历史书《越绝书》。此书不撰著者姓名，只是在后序中以诗相代。诗曰：“以去为姓，得衣乃成。厥名有米，复之以庚。禹来东征，死葬其乡。不直自斥，托类自明。文属词定，自于邦贤。以口为姓，承之以天。楚相屈原，与之同名。”此书由于没有写明究竟为何人所撰，所以它的作者一直不为人所知。直到明代，大文学家杨慎仔细推敲钻研了该书后序，才知道此书为东汉会稽人袁康、吴平所著。原来诗中“以去为姓，得衣乃成”，暗示一个“（袁）”字；“厥名有米，复之以庚”，暗射一个“康”字；“禹来东征，死葬其乡”，是作者自述其为会稽人；“以口为姓，承之以天”，暗射一个“吴”字；“楚相屈原，与之同名”，暗喻一个“平”字（屈原名平）。此谜既解，《越绝书》也日益被人们重视，成为研究战国时期吴、越二国史地的一本重要历史书籍。

南唐文字学家徐铉之父徐延林在江苏宜兴当县令时，曾在县署掘得一块“后汉太尉许馘庙”的石碑，碑文为东汉时评论曹操是“治世能臣，乱世之奸雄”的大名士许邵撰写的。碑文词藻华丽，极有气势，但是最后八个字“谈马砺毕，主田数七”，却不知是何意。徐延林揣摩许久，才得知这八个字是一个字谜，暗射“许碑重立”。原来许馘墓的碑刻由于风雨侵蚀，到了唐代，上面的铭刻都已侵蚀殆尽，模糊不清了。唐开元间，许氏的后裔在修墓时又在原碑上照旧刻重新镌刻，并且添加了这八个字。“谈马”指“许”；“砺毕”指“碑”字；“主田”指“重”字；“数七”

指“立”字。如果不知“谈马砺毕，主田数七”是什么意思，那就会把唐时重刻过的石碑误以为是汉代的了。

(5) 此外，古代字谜也曾被各种迷信活动所利用。如测字、抽签、相命、圆梦、图谶等，都是利用离合汉字的手法来迷惑和欺骗人。宋·蔡绦《铁围山丛谈》记：宋徽宗时，成都人谢石在京师一带以拆字相命为业，预言人的祸福，很有些名气。一日，宋徽宗要东宫太子写一个“太”字，找谢石测算。谢石早已得知此事，见了此字以后，故作惊讶地说：“这个字有天子之气呀！‘太’字下面的一点写得长些，略像一横。若把此横移在‘大’字上，那不就是天子的‘天’字了吗?”这种通过笔画移动变字的方法，在命相中应用极广。

第四节　现代字谜的特点

现代字谜是在古代字谜基础上发展起来的。新中国成立后，字谜这一古老的传统文化游艺活动，获得了新生，呈现出一派蓬勃发展的景象。这个历来只为少数文人雅士所欣赏品味的“高级谜语”，在各类有组织的集体活动中不断出现，无论形式还是内容，都发展到了一个空前的阶段，在丰富人民文化生活，陶冶人民情操方面发挥了越来越大的作用。

现代字谜的特点，主要表现在以下五个方面：

（1）字谜得到了前所未有的重视支持，猜谜和字谜的活动广泛普及。过去，字谜活动只是在少数人中进行，即使是传统元宵节也只有极少数字谜与群众见面。现在，字谜已成了元旦、春节、五一、国庆及各种游艺、联欢活动中的一个常设项目。1979 年江苏省南京市举行了一次为期四天的“全国九城市灯谜会猜”，将各地字谜荟萃一堂，五彩缤纷，美不胜收，成为当代字谜史上的一大盛事。此外，各类报纸杂志的专栏介绍和定期不定期的刊载，也大大改变了字谜的传播范围和猜射方式。各种汇集字谜、讲解字谜的书籍，在书城书摊中出售，供不应求。这些都对切磋谜艺，繁荣字谜创作，促进字谜研究，起了重要作用。

（2）现代字谜具有鲜明的时代特点，它在反映社会生活的发展变化、时代进步、科学昌明等方面，都起着重要作用。现代字谜中有大量人民讴歌幸福生活和对未来无限向往的内容。如“旦”字谜：“旧貌换新貌。”“玲”字谜：“中国领先一球。”反映了人们对国力不断增强的认识。又如“回”字谜：“团结在党中央周围。”“余”字谜：“体制改革人变化。”反映了人们对改革开放的信心。社会主义的新思想、新道德、新风尚也进入字谜，给字谜注入了新的血液。如“俄”字谜：“先人后己。”“八”字谜：“公而忘私。”这些字谜都有深刻的思想意义，收到良好的社会效果。

有些字谜为配合形势教育的宣传需要，往往就某一专题内容而作，寓教于乐，给人以潜移默化的影响。如为配合植树造林，绿化祖国，人们就创作了“直”字谜：“植树节。”“荼”字谜：“植树种草，大改面貌。”“樊”字谜：“齐心齐心，大造其林”等。为宣传计划生育，就制作了，“日”字谜：“提倡晚婚，人人有份。”“众”字谜：“一对夫妇一个孩子。”“珏”字谜：“全国人口必须控制住”等。此外，如“秋”字谜：“日抽香烟乃病因。”是宣传戒烟的。“旭”字谜：“八一南昌迎朝阳。”是庆贺建军节的。“坦”字谜：“国庆迎朝阳。”是庆祝国庆日的。

随着改革开放的步伐的加大和中外文化交流的加强，运用外文字母和外语单词编制的“中外合璧”的新颖字谜，也随之产生和流行。如用“瓜儿连着藤，藤儿连着瓜”做谜面，猜一英文字母“Q”。用英语“Good morning”做谜面，猜一汉字“谭”（西言早）。都是别致新奇，颇为有趣的。此外，新知识、新科技也进入字谜。如用“测量声音强弱的单位”，打一“贫”字（分贝）。“中了”，打“一”字（“子”之中为“一”），等等。这些字谜都有意识地运用它特有的社会功能为现代社会服务。

（3）现代字谜是在充分吸收了传统字谜的精华部分，在不断创新的基础上健康发展起来的。我国浩如烟海的传统字谜，基本上是健康的。但也有少数存有庸俗、落后的东西，特别是古代的符瑞、谶言、乩语、测字等都是利用字谜形式进行的迷信活动，因此，对传统字谜必须持批评的态度，弃其糟粕，取其精华，才能使字谜在新的历史条件下健康地向前发展。现代字谜对传统字谜的态度不外是：继承、改造和淘汰。被淘汰的那部分字谜，从思想内容上来看，多带有庸俗趣味或不健康情调，以及封建伦理道德观念的陈腐说教。从表现形式上看，有些被淘汰的则是因面底扣合不确，过于牵强附会，或者在用词、用典、用格上过于生僻或离奇，这样的字谜，也不能为现代人所接受。与之相反，那些内容健康、充满生活气息，底面扣合巧妙，语言通俗流畅，形式活泼有趣的传统字谜，多被现代字谜所吸收。如相传是北宋时代王安石所作的“日”字谜：“画时圆，写时方，冬时短，夏时长”。就抓住了谜底字谜的外形和特点，突出了它的内在矛盾，谜面浅显生动，深得人民喜爱，得以广泛流传，至今不衰。也有不少字谜被重新改造，以簇新面貌重新出现。其中有取其制造手法，而赋予具有时代内容特点的。如南朝鲍照的“土”字谜：“乾字一九，只立无偶；坤之二大，宛然双宿。”这首谜因涉及八卦知识，现代人很不好理解。但依其原义，此谜前两句可得“一”字，后两句可得“十”字，“一”“十”相合，即得谜底。故今人或改为“垫上运动”，或编为“一百减去八十九”。这样的谜面浅显易懂，语言清新简洁，充满时代气息，便于接受和传播。

在继承传统字谜的基础上，现代字谜也不断地创作出许多反映时代特色的新谜语。仅就字谜的表现形式来说，人们不但接受和继承了古代已有的诗谜、词谜、故事谜、实物谜、画谜、哑谜等形式，还不断地推出数学公式谜、外文字母谜、汉语拼音字母谜、印章谜、扑克谜、象棋谜、符号谜、歇后语谜、歌谣谜、书法谜、钟面谜等新形式，这些都给谜苑增添了新的花色品种，带来光辉夺目的异彩。此外，制谜方法和修辞技巧也在不断提高，较传统字谜有更大的发展。

（4）现代字谜以简化字为主体，也不排除繁体字和异体字，是一种兼收并蓄的体式。字谜的主要对象是字。历史上汉字字形、字体的变化，对字谜的编撰都会有很大影响。新中国成立以后，政府颁布了文字改革方案，实行简化字，废除了一部分繁体字和异体字。因而充当现代字谜谜底的，都是以简化字为主体的现代流行汉字。如“听”字谜：“加半斤。”“办”字谜：“一点点力。”等等，都是专为简化字设制的。但现代字谜也不全部排除繁体字和异体字。若谜面需要，要有异体字或繁体字进入时，也还会同样采用。如“進”为“进”的繁体，“進”，可拆分为“人（亻）”、“行（辶）”、“佳（隹）”。要用“行为美”制作谜面时，就必须选用繁体“進”字。又如“升”为“升”的异体，为了表现“东方红，太阳升”的意思，就仍要选用“升”作谜底字。除了在谜底字上用繁体字和异体字外，有些谜面也对此加以利用。如“领”字谜：“翻山越岭。”“嶺”，是“岭”的繁体。谜面意谓，翻去“嶺”的“山”旁，就可以得到谜底“领”字。这种谜面显然不适合用简化字“岭”。虽然，繁体字和异体字在现代字谜中的应用不是很广，但随着大陆与港澳台及海外文化交流的日益增加，大陆字谜涌入港澳台或海外，或者港澳台海外字谜传进大陆，繁体字和异体字入谜的情况还会继续增加，这些都值得制谜者和猜谜者重视。

第五节 经典字谜

笔上难写心中情、到此搁笔到此停、有情日后成双对、无情日后难相逢、石榴花开慢慢红、冷水冲糖慢慢溶、只要两人心不变、总有一天会相逢（猜八个字）。

答案一

笔上难写心中情　白

到此搁笔到此停　头

有情日后成双对　偕

无情日后难相逢　老

石榴花开慢慢红　情

冷水冲糖慢慢溶　投

只要两人心不变　意

总有一天会相逢　合

解释：

“笔上难写心上情”意为白纸一张；

“到此搁笔到此停”中的“搁笔”和“停”都是“到头”的意思；

“有情日后成双对”自然是“偕”；

“无情以后难相逢”是“到老难逢”；

“石榴开花慢慢红”中的石榴花代表“情”；

“冷水冲糖慢慢溶”指将糖“投”入水中；

“只有两人心不变”中“心意”相连；

“总有一天会相逢”中的“相逢”即“合”。

谜底：白头偕老，情投意合

答案二

笔上难写心中情　说

到此搁笔到此停　不

有情日后成双对　出

无情日后难相逢　是

石榴花开慢慢红　多

冷水冲糖慢慢溶　么

只要两人心不变　想

总有一天会相逢　你

解释：

既难写便用“说”；

搁笔了那就“不”写了；

成双对——两个山字也对，还有词曰“日出”出字便在日后了；

日后难相逢……“日”字之后一个“止”字“是”也！

慢慢红嘛——朝朝夕夕的事，岂是一天两天，日子“多”嘛！“夕”“夕”……“多”字

冲糖慢慢溶——便是慢慢“溶化”，暂时没化完，“化”字去一半，“么”也！

两人心不变——互“相”的“心”不变，便是“想”了

得相逢——是说我（人）和你（尔）在一起了——“你”

谜底：说不出是多么想你。

答案三

笔上难写心中情，彼（笔上难写，靠皮来增进两人感情，为彼）；

到此搁笔到此停，此（到“此”搁、停）；

有情日后成双对，朋（日后为月，月成双为朋）；

无情日后难相逢，友（无情难相逢为友）；

石榴花开慢慢红，生（十上开花）；

冷水冲糖慢慢溶，活（冲糖为甜，溶后浓为水）；

只要两人心不变，快（两人心不变为不缺为快乐）；

总有一天会相逢，乐（一与天相逢为乐）。

（据说这个是作者的答案）

谜底：彼此朋友生活快乐

答案四

笔上难写心中情——笔上即竹，笔仅剩下竹子，当然难写心中情，竹与“祝”谐音；

到此搁笔到此停——可解为把铅笔立在桌上，铅笔为木质，立木即“亲”；

有情日后成双对——有情二字都有的部分为月，日后也暗指月，成双对指二个月在一起，即“朋”字；

无情日后难相逢——指男人和女人无情就不会在一起，男人和女人即“好”字；

石榴花开慢慢红——是说石榴的花期较长，一般为大半月，大半月即“有（友）”字（大字的一半加月字）；

冷水冲糖慢慢溶——说明糖在水中还没溶化，即“心”字（三点即水，弯钩象形糖）；

只要两人心不变——意思是只要两个人的心永远像年青恋爱时一样，即心青，为“情”字；

总有一天会相逢——自然是指男人和女人心不变就会走到一起，同上，男和女即“好”字。

谜底祝亲朋好友心情好

第六节 精品字谜鉴赏

楞。（打一字）噪

谜面用偏旁联系组合法。将“楞”字，拆分为“四”“方”“木”三体。意谓四个方形，加上一个“木”形，就可得到谜底字“噪”。在谜底字“噪”的四个方形（“口”）中，“口”旁，形体偏大；而“品”字头的“口”形较小，不甚般配，但字谜不以此为障，还是一并说之。这个字谜有两大特点：一是巧妙地将谜底偏旁的解说镶嵌到一个汉字的不同形体当中，以一字豆修辞谜面。破解时，需要先拆开谜面用字，才能得到字谜启示。二是字谜将四个不同大小的方形“口”旁，用数目字统一概括。不熟悉了解汉字形体，不知字谜仅讲形体相似，不讲字形大小的诡谲性特点，要顺利地猜出这个谜底汉字，还存在一定难度。

默许。（打一字）午

谜面用偏旁损益隐形法。意谓“许”字去掉“言”旁，就是谜底汉字“午”。谜面隐藏了所当弃去的“言”旁，只用指示词“默”来暗示不出声。不出声，就是无言。意指“许”字无“言”旁。这个字谜利用现成词语“默许”做谜面，既隐去了减损的偏旁，同时也用默默无言的隐语，暗示偏旁的弃取。阅读时，最好有谜面字句颠倒过来，理解成为：“许”字缄“默”其“言”。

搬家。（打一字）冢

谜面用部位变动错移法，但不明确说明两字之中哪个字的哪一部位要移动，也不说明此一部位要移动到哪一个位置上，这些全部都留给猜谜者揣测。字谜中，“搬”是指示词；“家”是本体词。“家”字要移动部件，有一定困难。只能先把“家”上的一点，讹读为一撇（“丿”），再将其放在“豕”旁左下，由此形成“冢”字。

竖杆。（打一字）亲

谜面用同义替代换说法。“亲”字可以分拆为“立”、“木”二体。“立”，即“竖”；“木”，即“杆”。两两同义，故可相通，由此制成谜面。循其义而得其旁，得其字而求其合，即可破解此谜。

先乘除。（打一字）垢

谜面用偏旁联系组合法。“先乘除，后加减”，是数学中的基本规则，人所尽知。这里只说半句“先乘除”，是为了引出下半句“后加减”。谜底字“垢”，可以拆分为“十”

（加号）、“一”（减号）和“后”。三体连读，正好是“后加（十）减（一）”。谜面在用偏旁连系组合法时，同时采用了歇后和数学符号改读的修辞方法；在离析自然偏旁时，还做了笔画拆分。隐含着的主体谜面中，“后”字是肢体词，但受其对举的引导谜面“先乘除”影响，极易使人误认为其是衬垫语，而将谜底字猜测为“土”。

旱天雷。（打一字）田

谜面用面底包容指示法，要求从本体词“雷”字上去掉“雨”旁，得到谜底字“田”。字谜的巧妙之处，是利用“旱天雷”这一现成词语，说明天旱时，有只打雷不下雨的情况。由此隐曲地表现出“雷”中无“雨”的谜意。

大重九。（打一字）床

“大重九”，是旧时名牌香烟的牌子，人人皆知。以此作谜，极有情趣。谜面构成极为复杂。它在采用偏旁联系组合与笔画拆零拼合两种方法的同时，又用了同义换说和数字运算的手段。谜底汉字“床”，可以分拆为“广”“木”两部分。“广”，与“大”同义。“木”，再分拆为“十”“八”两体。“十八”，就是九九相重。“大”与“重九”相加，就是“床”字了。可见谜面制作，并非难事。只要理解谜面制作原理，平素留心琢磨常见常用的品牌商标，亦可以从中发现与字谜相关的内容，从而创制出极为机巧又能广为流传的字谜佳品。

跨栏比赛。（打一字）竹

谜面用图像直观描绘法制作。“竹”字下面的两竖，象征着比赛用的跨栏。上面两个人正在迈开双腿，比肩齐驱，奋力跨栏。结合谜底看谜面，场面热烈紧张，形象生动活泼，具有几何抽象画派的特点。

木偶皇后。（打一字）琳

谜面同时采用了半体弃取构合和面底包容指示法。意谓“木”之偶与“皇”之后，组合起来，才能得到谜底汉字。“木”之偶，为“林”。“皇”之后，为“王”。“林”“王”相合，就是“琳”字。在这个谜面中，“木偶”，用的是偏旁联系组合法；“皇后”，用的是面底包容指示法。这两种不同方法的结合使用，增加了字谜猜测的难度。在一个字谜当中，为了增加谜语的难度，往往不能单用一种方法，而要诸法结合，这样才能够测试猜谜者是否真正掌握了字谜技巧，是否真具有猜谜测谜的本事。

去除雀斑。（打一字）乌

谜面用的是半体再现离弃法。意谓“鸟”字去掉里面的一点，就是谜底汉字“乌”。这个谜面组织完整，要减损的本体词和被减损的笔画构件，以及说明减损方式的指示词，都在谜面中一一呈现。本体词用同义词“雀”字替代。为配合本体词的变化，被减损的笔画“、”，用“斑”字替代。字谜的特点主要体现在谜面修辞上。“雀斑”二字连用，侧重点似乎是在“斑”字上，而不是在“雀”字上，从而淡化了本体词和肢体词之间的界线，有一定的迷惑性。另外，指示词“去除”，也用序换的方式前置到本体词和肢体词前，更加强了“雀斑”二字连用的意义。从字面上看，它只是一则日常生活中常见的普通医疗美容广告词，但仔细分析，其中又隐含着许多制谜技巧。因此此谜有着无穷的迷人魅力。

第七节 字谜人人猜

夫人何处去（打一字） 二

打断念头（打一字） 心

人对人（打一字） 众

表里如一（打一字） 回

果断有力（打一字） 男

黄昏前后（打一字） 昔

推开又来（打一字） 摊

迁来一口（打一字） 适

四边残缺（打一字） 匹

拉她也不来（打一字） 接

后来者居上（打一字） 屠

重逢（打一字） 观

课桌椅样样齐备（打一字） 木

人人都走横道线（打一字） 丛

一口咬定（打一字） 交

一日进一尺（打一字） 昼

水上码头（打一字） 泵

大框框不能破（打一字） 因

发生大火划禁区（打一字） 烟

凶横（打一字） 区

大厂用电多一点（打一字） 庵

欲话无言听流水（打一字） 活

存心不善，有口难言（打一字） 亚

值钱不值钱全在这两点（打一字） 金

添丁进口（打一字） 可

二小姐（打一字） 姿

一曲高歌夕阳下（打一字） 曹

依山傍水（打一字） 汕

旭日不出（打一字） 九

挥手告别（打一字） 军

正字少一横，莫作止字猜（打一字） 步

人不在其位（打一字） 立

独眼龙（打一字） 省

日落香残，洗却凡心一点（打一字） 秃

既有头又有尾，中间生了四张嘴（打一字） 申

因小失大（打一字） 口

一字生的巧，四面八只脚（打一字）　井

黄昏时候（打一字）　晒

一箭穿心（打一字）　必

上任之前，落榜之后（打一字）　傍

贫农分贝之后（打一字）　贫

一条狗过了独木桥后就不叫了（打一成语）　过目不忘

第十一本书（打一成语）　不可思议

避孕药的成分（打一种医学名词）　抚生素

蓝色的刀和蓝色的枪（打一成语）　刀枪不入

一个女人结过多次婚（打一成语）　前功尽弃

羊给老鹰打电话（打一成语）　阳奉阴违

树心有泪（打一字）　想

西下美女（打一字）　要

手扶下巴（打一字）　把

人在尔边（打一字）　你

心死相依（打一字）　忘

言及自己（打一字）　记

十雨俱下（打一字）　真

白的勺子（打一字）　的

儿女双全（打一字）　好

又住一家（打一字）　难

第七章　红楼梦中的灯谜鉴赏

其一（贾环）

大哥有角只八个，二哥有角只两根。

大哥只在床上坐，二哥爱在房上蹲。

——枕头、兽头

说明：

灯谜中除了贾环一首外，都是贾母带头叫众姊妹所制的，大都隐括着她们后来各自的遭遇。但是，原稿是残缺的，只到惜春的谜为止（庚辰本）。这一回没有补成曹雪芹就病逝了。现在所见的最后两首是后人续补的。

元春做了灯谜叫大家猜，命大家也做了送去。贾环没有猜到元春的谜，自己所作的一个也被太监带回，说是“三爷所作这个不通，娘娘也没猜，叫我带回问三爷是什么。”众人看了他的谜，大发一笑。

注释：

有角只八个——古人枕头两端是方形的，所以共有八个角。

兽头——指塑在屋檐角上的两角怪兽。俗传龙生九子，不成龙而为九种怪兽，“二曰螭（音痴）吻好望，今屋上兽头是也。”见清代翟颢《通俗编》。

鉴赏：

把枕头、兽头拉在一起，称做“大哥”“二哥”，有八个角还用“只”字，兽既然真长着两角而蹲在房屋上，做谜语就不应该直说。凡此种种，都说明“不通”。贾环的形象常作为宝玉的衬托，又成为作者有所偏爱的探春的对照，这些都代表作者的思想倾向。从这首灯谜，可以看出作者出色的模拟本领和诙谐风趣的文笔。

其二（贾母）

猴子身轻站树梢。

——荔枝

注释：

站树梢——与“立枝”同义。“立”与“荔”谐音，所以谜底是荔枝。

鉴赏：

贾母灯谜的寓意在于暗示将来所谓“树倒猢狲散”。这句在秦氏托梦、预言贾府后事时郑重提到过的俗语，作者并非随便拈来，而是以生活真实作为基础的。这对稍知曹氏家世的人来说已不是什么秘密，因为它曾是曹雪芹祖辈的一句口头禅，在亲友中几乎无人不知。如施瑮就有“廿年树倒西堂（曹寅的斋室）闭”的诗句，注云：“曹楝亭公（寅）时拈佛语，对座客云：‘树倒猢狲散’。今忆斯言，车轮腹转。”（《隋村先生遗集》卷六《病中杂赋》）这当然只能证明小说取材于生活，而不能把小说看做家传。在小说里用第一个谜（前面贾环的谜与此无关）来暗示这句俗语，正为了先点出整个贾府的命运。按我们理解，大树，实际上就是靠朝廷庇护着的这个复杂的古式大家庭在政治上所取得的特权和地位。而在贾府上下层层宗法等级关系中，“老祖宗”贾母是处于最高地位的太上家长，如果用这句俗语来比喻，她恰似一只站在树梢头的老猢狲。

其三（贾政）

身自端方，体自坚硬。

虽不能言，有言必应。

——砚台

注释：

必——谐音“笔”。

鉴赏：

这个谜语十分切合贾政这一形象的思想性格特征。所谓“端方”，与第二回冷子兴说他“为人端方正直”相合，这就同说他“训子有方”一样，都不能实看，其实，也就是道貌岸然，满口仁义，假装一本正经。所谓“坚硬”，就是头脑冬烘、顽固不化，好比花岗岩。虽说他“酷喜读书”，信奉“诗云子曰”，却口“不能言”，赋诗题对一开口就遭到宝玉的批驳。但如果“圣上”“有言”，那他当然“必应”无疑。这我们在十八回中已经看到了：只要“贾妃看毕，喜之不尽”的诗，“贾政等看了，都称颂不已”。

其四（贾元春）

能使妖魔胆尽摧，身如束帛气如雷。
一声震得人心恐，回首相看已化灰。
——爆竹

注释：

“能使”句——迷信传说爆竹能驱鬼辟邪，所以说能使妖魔丧胆。梁宗凛《荆楚岁时记》：“先于庭前爆竹，以辟山臊恶鬼。”

身如束帛——形容爆竹像一束卷起来的绢帛。又合形容女子身材的话，如战国辞赋家宋玉的《登徒子好色赋》和汉末诗人曹植的《洛神赋》中皆有“腰如束素”语，而“束素”也可说“束帛”。气，声气，气势。也是物与人两指的。

回首——既是回头间、转眼间之意，又隐死亡，因

“回首”是佛教称俗人死亡的婉词（用吴世昌先生说）。书中有此用法，如五十四回：“袭人道：‘正是我也想不到能够看着父母回首……”脂评中也用“回首时无怪乎其惨痛之态”（庚辰本第十六回）来形容王熙凤死时的情景。

鉴赏：

一响而散的爆竹恰好是贾元春富贵荣华瞬息即逝的命运的写照，这已无须多说。《红楼梦曲》中元春曾以自己的死为鉴，劝父亲赶快从官场中“退步抽身”，脱免即将临头的大祸。可见，她的早死实在与她所依仗的势力在皇室权贵内部各派的钩心斗角中失势没落有关，而并非像续书中所说的因“圣眷隆重，身体发福”，“偶沾风寒”遂成不起的。这样，在她入宫为妃、显赫飞腾之时，敌对政治势力亦即所谓“妖魔”因贾家忽然得到皇亲为靠山而曾震恐得“胆尽摧”，也就不难理解了。见到过后半部佚稿的脂砚斋说元春之死是“通部书之大过节、大关键”（庚辰本、戚序本第十八回批），正可帮助我们理解贾府“一败涂地”的真正的原因。

其五（贾迎春）

天运人功理不穷，有功无运也难逢。

因何镇日纷纷乱？只为阴阳数不同。

——算盘

注释：

“天运”二句——算盘上的子靠人手去拨，所以说“人功”；这些子或碰在一起，或分离，在没有计算出“数”之前，谁也不知它是离是合，要看注定的结果是什么，所以叫“天运”。结局明明是人拨出来的，但又不随人的意志、不为人所预知，这道理很难懂得，所以说“理不穷”。如果“数”中注定两子相离，任你怎么拨算也是不会相逢的。这里的双关含义十分明显。

镇日——整天。“镇”与“整”通。

阴阳——指奇数偶数，泛指数字。每次运算的数字既不一样，算盘子所代表的一、五、十……数字又不相同，这就难怪进退上下，乘除加减，整天纷纷不止了。“阴阳”另一义可指男女、夫妻。“数”的另一义就是命运，命不好也叫“数奇”。程高本“只为”作“因为”，与第三句复字。“不同”作“不通”，也不对。

鉴赏：

这是用打动乱如麻的算盘暗喻将来迎春嫁到中山狼孙绍祖家，挨打受骂，横遭摧残，过不上一天安宁的日子。以“难逢”说她所嫁的丈夫不得其人。在作者看来，贾府祖上对孙家已仁至义尽，迎春本人也忠厚老实，这些都算得上“有功”了，但为什么结局如此悲惨呢？由于不能从当时社会的根本制度原因上去寻求正确的答案，所以只好归之于“无运”，发出所谓阴阳命数不如别人的宿命论的叹喟。

其六（贾探春）

阶下儿童仰面时，清明妆点最堪宜。

游丝一断浑无力，莫向东风怨别离。

——风筝

注释：

仰面——指抬头看风筝。

“清明”句——春季多持续定向的东风，是最适宜放风筝的时候。妆点，指点缀清明佳节。

游丝——本指春天飘荡在空中的飞丝，由昆虫吐出。这里是说拉住风筝的线。浑，全。

鉴赏：

这是以断线风筝暗示探春远嫁不归。在她的“图册判词”中说“清明涕送江边望”，这里又点“清明”，可见，清明是佚稿中她离家出嫁之时。这样，“妆点”的隐义又是新娘的梳妆打扮。续书中把她的出嫁置于落叶纷纷的秋天，显然没有注意到诗中的暗示。庶出的探春凭着投靠王夫人，在贾府中一度当上了发号施令的女管家，这就和风筝凭着东风吹送入云一样。但一旦风筝断线，这位才干精明的三小姐就再不能有所作为，也无力维持她原先的权力地位，而曾经抬举她的“东风”也就不得不把她远远地送走。可惜我们已无法确切地知道断线此喻的具体含义是什么。从脂评“使此人不远去，将来事败，诸子孙不至流散也”的话来看，她的出嫁还在贾府事败之前。这样，她的远走，在遭遇不幸的众姊妹中，还算是结局比较好的。

其七（贾惜春）

前身色相总无成，不听菱歌听佛经。

莫道此生沉黑海，性中自有大光明。

——佛前海灯

注释：

此首在梦觉主人序本《红楼梦》（简称甲辰本）、梦稿本、程高本中被删去。戚序本上狄葆贤曾作眉批说：“惜春一谜是书中要旨，今本删去，谬极。”今据庚辰、戚序诸本。

色相——佛教名词，指一切事物的形状外貌，旧时亦用以指女子的声容相貌，这里是借灯说人，把人的空有姿色、不能享受欢乐归于前世宿缘。佛前海灯，即长明灯，供于寺庙佛像前，灯内大量贮油，中燃一焰，长年不灭。从灯的堂皇外表（色相）来看，好像本该与其他灯一样用于繁华行乐之处，现在偏偏相反，所以这样说。

菱歌——乐府诗中菱歌莲曲，内容多唱青年男女的爱情。“不听菱歌”即“看破红尘”意。

沉黑海——入佛门表示永远与人间荣华欢乐隔绝，在世人看来，这无异于沉入到看不见一丝光明的海底。海灯悬于寂静孤凄的佛殿，外观也并不明亮，所以这样说。“黑海”，戚序本作“墨海”。墨海是砚的代称，今从庚辰本。

“性中”句——海灯看似暗淡无光，内中自有光焰在。借以作宗教的说教。《六祖坛经·决疑品》第三：“性在身心存，性去身心坏。佛向性中作，莫向身外求。自性迷即是众生，自性觉即是佛。”性，佛家认为人的自身中本来存在着一种所谓永恒不变的“性”，问题在于能不能觉悟到并保持住它。这是赤裸裸的唯心主义宣传。大光明，又指佛。第二十五回写贾母为宝玉捐香油事，马道婆谓“西方有位大光明普照菩萨，专管照耀阴暗邪祟”“这海灯便是菩萨现身法像，昼夜不敢息的”。

鉴赏：

在这首谜诗中，作者虽然借用了一些佛教语，如“色相”“性”等，但其用意显然并不在于劝人信佛，也不过是预示惜春的归宿而已。从她同样被归于“薄命司”之列并在判词中说她“可怜”来看，“性中自有大光明”之说，至多也只是拟写惜春将来前途绝望时自身的念头。难怪站在维护那大家庭利益的立场上的脂砚斋在读此谜时，联想到曹雪芹后半部原稿中所写的惜春为尼的悲惨结局，禁不住叹息道："公府千金至缁衣乞食，岂不悲夫！"（庚辰本）实际上，她确是沉入了一点"光明"也见不到的"黑海"。

其八（薛宝钗）

朝罢谁携两袖烟？琴边衾里总无缘。
晓筹不用鸡人报，五夜无烦侍女添。
焦首朝朝还暮暮，煎心日日复年年。
光阴荏苒须当惜，风雨阴晴任变迁。
——更香

注释：

从早期脂本都止于惜春之谜、畸笏叟特记下这首诗并批明"此回未补成而芹逝矣"等情况来看，这首诗很可能是作者生前在《红楼梦》稿中的绝笔。后来，有人续补了宝玉、宝钗两首谜诗，就把这一首改属于林黛玉了。

更香，是一种可用以计时的香。夜间打更报时者燃此香以定时，或一支为一更，或视香上的记号以定更数。

"朝罢"句——杜甫《和贾至早朝大明宫》诗："朝罢香烟携满袖"。说早朝回来衣袖上尚有宫中的炉香味。现在稍加改动，说"两袖烟"，是隐藏谜底"香"字。"两袖烟"，等于说两袖风、两手空。设问"谁携"，对杜诗作了翻新。谜外寓有荣华过后一无所得的意思。

“琴边”句——承上句，解说这是什么香，用排除法。香有多种，与琴、棋、书、画为伴的是鼎炉之香，熏被褥、衣服用的则有熏炉、熏笼（古时豪门尚巧制“被中香炉”，见《西京杂记》），都用不着更香，所以说与这些“无缘”。寓意也承上句申述一无所得的含义。“琴边衾里”说夫妻关系。以夜里同寝、白天弹琴表示亲近和乐。《诗·周南·关雎》：“窈窕淑女，琴瑟友之。”程高本“总”作“两”。

“晓筹”句——这一联正面说更香的特点。晓筹，早晨的时刻。筹，指古代计时报时用的竹筹。鸡人，古代宫中掌管时间的卫士。宫中例不畜鸡，有夜间不睡的专职卫士头戴“绛帻”（象征雄鸡鸡冠的红布头巾）候在宫门外，到了鸡叫的时候向宫中报晓。唐代诗人王维《和贾至早朝大明宫》诗：“绛帻鸡人报晓筹”。后来李商隐反其意说“无复鸡人报晓筹”，用以讽刺死于马嵬坡的杨贵妃。曹雪芹再翻新意，改“无复”为“不用”，用来说计时的更香，恰到好处。

五夜——即五更。古代计时，将一夜时间五等分，叫五夜、五更或五鼓。炉香要加添香料，更香只要点上就是了。这句用了“无烦”二字，又翻了唐人李颀《送司勋卢员外》诗“侍女新添五夜香”的案。上下两句的寓意都是说人因愁绪而通宵失眠。

焦首——香是从头上点燃的，所以说焦首。喻人的苦恼。俗语所谓焦头烂额。

煎心——棒香有心，盘香由外往内烧，所以说煎心。佛家有“心香”（意为虔诚）之语。又香有制成篆文“心”字形状的，叫心字香。煎心，喻人的内心受煎熬。

“光阴”二句——更香同风雨阴晴的变化无关，却随着时间的消逝，不断地消耗着自己。荏苒（rěn rǎn），时光渐渐过去。须当，应当。就寄寓来说，上句是红颜渐老、青春堪惜的意思，下句则说虽世事变幻莫测，而自己却已心灰意冷，只是听之任之罢了。

鉴赏：

细细体会谜语字里行间的隐义，就不难看出，这是作者借以暗示薛宝钗的结局。她在丈夫出家为僧后，将过着冷落孤凄、终生愁恨的孀居生活。后来续补者将这首诗谜的所有权给了林黛玉，大概以为宝钗既与宝玉结了亲，就不应说“琴边衾里总无缘”，倒不如用以指黛玉更像。其实，作者本意是指终至于“金玉成空”。黛玉病魔缠身，又多愁善感，中间两联似乎也用得上（仔细推敲起来当然有问题，如“日日复年年”，非三两年之谓，而是漫长的岁月）。黛玉短命夭折，当然应惜华年，所以与“光阴”句也可适合。至于末句，既有“风雨阴晴”“变迁”等字眼可表示变故，只要不执著于一个“任”字，倒也含混得过去。在原稿残缺、又不能苛求续补者也具备曹雪芹同等才情的情况下，把这首做得很巧妙的谜诗归属于聪明灵巧的林黛玉，只要勉强可解，也并没有什么不好，是符合一般读者心意的。但作为研究作者本意来说，知道它原非黛玉之谜倒有必要，它至少再一次证明宝钗最后并没有获得什么精神安慰。可见，续书中写薛宝钗得了“贵子”，将来还振兴家业，等等，都是痴儒说梦。

其九（贾宝玉）（后人增）

南面而坐，北面而朝。
象忧亦忧，象喜亦喜。
——镜子

注释：

“南面”二句——人照镜时，人与镜中影的方向相反，一个面向南，一个面朝北。寓意是宝玉婚后面对薛而心怀林。语用《孟子·万章上》：“舜南面而立，尧帅诸侯北面而朝之。”孟轲的学生在问到传说中尧让帝位给舜一事时说的。皇帝的位子是向南的，臣子向北。现把出处中的“立”改为“坐”，因为在一般情况下，臣子“朝”见皇帝，皇帝是不会站着的。

“象忧”二句——即镜中之形象是忧，人也一定是忧，形象是喜，人也一定是喜。寓意是另一种解说：说他好像有忧愁，也确是有忧愁；说他像有喜事，也确是有喜事。忧是因黛玉死，喜是指与宝钗结婚。这八个字也出在《孟子·万章上》。原意“象”是人名，是舜的异母弟。传说象曾谋害舜未遂，舜对象仍很亲切。万章问孟轲：是不是舜不知道象要谋杀自己呢？孟子说：并非不知道，只是“象忧亦忧，象喜亦喜”罢了。意思是兄弟友爱本“人情天理”，有时不能自制。借此宣扬“孝悌仁爱”、以“忠恕”之心待人等儒家的道德。

鉴赏：

这一首是后人据古镜谜（冯梦龙《桂枝儿咏镜》中曾引到）补的。

单看谜语本身，也算做得巧的。小说题名之一是“风月宝鉴”，《红楼梦曲·枉凝眉》中有“一个是水中月，一个是镜中花”的话，小说中还有贾宝玉对镜梦见甄宝玉的情节等，都与“镜子”有关，所以镜子谜用于宝玉除了注解中说的寓意外，暗示其归向空门也很切合。唯其如此，续补者特地通过看灯谜的贾政赞道：“好，好！如猜镜子，妙极！”颇有点沾沾自喜。但是，他没有发觉这面镜子中所反映出来的宝玉形象却是头戴儒冠的：宝玉深恶“四书”，虽贾政一再督责，时到后面第七十三回“至上本《孟子》，就有一半是夹生的，若凭空提一句，断不能背；至下本《孟子》，就有大半生的。”现在居然能“凭空”从最生疏的下半本《孟子》中断章裂句，摘取其词，得心应手地制成谜语，岂非大大的奇迹？这只能证明续补者自己对《论》《孟》之类的言论是很崇拜的，因此看到这个巧引"经"语的谜，就拿来添入，而对贾宝玉这一类的叛逆者形象所显示的不喜道德文章却没有去注意到。问题还不止于此。戚序本中没有宝玉的谜，所以贾政一走，凤姐就对宝玉说："刚才我忘了，为什么不当着老爷，撺掇着叫你作诗谜儿？"续补者添加了这个谜后，却忘了把凤姐这句话也改一下，结果是刚说他诗谜做得"妙极"，接着就说他没有作诗谜，形成了自相矛盾的局面。

其十（薛宝钗）（后人增）

有眼无珠腹内空，荷花出水喜相逢。
梧桐叶落分虽别，恩爱夫妻不到冬。
——竹夫人

注释：

竹夫人，又称竹几、竹夹膝，用竹篾编成，圆柱形，中空，有洞，可以通风，夏天睡时可抱着取凉。宋代诗人黄庭坚以为它不配称作夫人，就名之为青奴，后又叫它竹奴。

"有眼"句——说竹器是镂空的。眼，即洞，借此骂宝玉。

“荷花”三句——说夏天相偎依取凉，秋冬被弃置不用。借此说夫妻生活短暂。

鉴赏：

这一首也是后人续补的。唐宋以来，咏竹夫人的诗极多，有说它“但随秋扇”的，有叹“爱憎情易迁”的，还有说“与君宿昔尚同床”“只恐西风动别愁”的，等等，不一而足。这首谜虽比“更香谜”浅俗，却只袭用前人诗意，并没有什么创新，修辞上也有疵病，如“分离别”即硬凑足三字，但主要缺点还在于它完全不像是薛宝钗所作的，也就是说续作者没有“按头制帽”，而诗歌的性格化恰恰是《红楼梦》诗词不同于其他旧小说的最显著的艺术特征之一。薛宝钗为人虚伪，思想庸俗，但她很讲究合乎大家闺秀身份的礼，涵养工夫极深，作诗以盛唐为宗，追求含蓄浑厚，言语行动处处谨慎，要显出自己很有教养。一个矜持自己能“珍重芳姿昼掩门”的薛宝钗，现在居然破“门”而出，大骂“有眼无珠腹内空”，还把它写了贴到春灯上让大家观赏，这能令人置信吗？当然，薛宝钗也会骂人，但总不会用赵姨娘的口吻，何况做诗？这个传统礼教的卫道者，平时见了姊妹们读书吟诗，稍涉男女，就板起脸孔装作正经教训人家，怎么现在自己竟毫无顾忌地写出“恩爱夫妻不到冬”之类的话来呢？她与蒋玉函之流在狎妓的酒席上唱“女儿悲，丈夫一去不回归……”的腔调又何其相似！所以，续补那种“千部一腔，千人一面”的淫滥小说容易，续补曹雪芹这部思想性和艺术性结合得最好的伟大的古典名著，如果思想庸俗、见识鄙陋，就难免不使自己的文字成为续貂的狗尾。

第八章 灯谜集锦

今日秋尽。（射中药名）明天冬

仲尼日月。（射古人名）孔明

落花满地不惊心。（射晋人名）谢安

降落伞。（射古人名）张飞

仲尼日月也。（射成语一句）一孔之见

南北安全，左右倾斜。（射成语一句）东倒西歪

西施脸上出天花。（射成语一句）美中不足

五句话。（射成语一句）三言两语

心无二用。（射成语一句）一心一意

游泳比赛。（射成语一句）力争上游

万年青。（射成语一句）长生不老

导游。（射成语一句）引人入胜

铁公鸡。（射成语一句）一毛不拔

爬楼梯。（射成语一句）步步高升

戒之在斗。（射唐五言诗一句）莫学武陵人

除夕守岁。（射论语一句）终夜不寝

劝君更尽一杯酒。（射离合字）口口回

朱门美脯臭。（射离合字）府肉腐

十五天。（射国字）胖

十个哥哥。（射国字）克

两人十四个心。（射国字）德

上无兄长。（射国字）歌

多一半。（射国字）夕

半部春秋。（射国字）秦

岳父大人。（射国字）仗

草上飞。（射国字）早

春去也，花落无言。（射国字）榭

今朝泪如雨。（射国字）漳

一家十一口。（射国字）吉

是非只为多开口。（射国字）匪

弄璋之喜。（射国字）甥

中央一条狗，上下四个口。（射国字）器

一家有四口，还要养只狗。（射国字）器

说他忘，他没忘，心眼长在一边上。（射国字）忙

一家十一口。（射朝代）周

人者何所乐。（射大陆地名）应山

锄禾日当午。（射大陆地名）田阳

永久和平。（射大陆地名）长安

黄昏。（射大陆地名）洛阳

一路平安。（射大陆地名）旅顺

武陵人。（射台湾地名）仁武

四季花开。（射台湾地名）恒春

四季如春。（射台湾地名）恒春

山明水秀。（射台湾地名）景美

北军归顺。（射台湾地名）南投

南军归顺。（射台湾地名）北投

君子之交。（射台湾地名）淡水

改邪归正。（射台湾地名）善化

开张大吉。（射台湾地名）新店

饮水思源。（射台湾地名）知本

玉皇太后。（射台湾地名）天母

空中霸王。（射台湾地名）高雄

雨后春笋。（射台湾地名）新竹

狼来了。（射台湾地名）杨梅

无盐。（射台湾地名）淡水

万世太平。（射台湾地名）永和

怀胎十月。（射台中县地名）大肚

沃野千里。（射台中县地名）丰原

云中岳。（射台中县地名）雾峰

山在虚无飘渺间。（射台中县地名）雾峰

白昼无光。（射台中县地名）乌日

老人扛轿。(射台中县地名)白毛台

没有脚、没有手，背起房子就会走。(射动物)蜗牛

南阳诸葛亮，坐在将军帐，排成八卦阵，要捉飞来将。(射动物)蜘蛛

日出满山去，黄昏归满堂，年年出新主，日日采花郎。(射动物)蜜蜂

两兄弟，手拉手，一个转，一个留。(射文具用品)圆规

一声呼出喜怒哀乐，十指摇动古今事由。(射传统戏)布袋戏

在欉黄。(射闽南话歇后语)无稳

葫芦墩白米。(射闽南话歇后语)无错(无糙)

归欉好好。(射闽南话歇后语)无错(无锉)

阿哥住楼顶。(射闽南话歇后语)高高在上(哥哥在上)

卖鸭卵车倒担。(射闽南话歇后语)(看破)

鸭卵掷过山。(射闽南话歇后语)(看破)

鲁迅逝世一世纪。(打一成语)百年树人

建国方略。(打一字)玉

七仙女嫁出去一个。(打一成语)六神无主

拍一个巴掌。(打一地名)五指山

什么动物行也是坐，坐也是坐，睡也是坐?(打一动

物）青蛙

石头旁边有块皮。（打一字）破

去竞赛原是笨狗。（NBA球员）毕比

成绩棒总是闲云。（西游记地名）高老庄

受感动全是汉子。（物理名词）激光束

喊声长定是烟烟。（复姓二）呼延/段干

墙上挂灯谜。（打一动物名）壁虎

爷爷当先锋。（打南北朝人名）祖冲之

又一个星期。（打古代文献名）周易

盼天明。（打一欧洲首都）巴黎

无头无尾一亩田。（打一动物）狗

绝妙好言。（打一动物）狼狗

一年四季是春天。（打一城市名）长春

人言此山天外来。（打一个书名）岳飞传

羌音打破苍暮声。（打一个字）枪

柳拂翠首携幼主。（打两字）羽樱

桥头佳人相道别。（打一字）樱

相依相伴对残月。（打一字）羽

瞳孔遇光能大小，唱起歌来妙妙妙，夜半巡逻不需灯，四处畅行难不倒。（打一动物）猫

头带两根雄鸡毛，身穿一件绿衣袍，手握两把锯尺刀，小虫见了拼命逃。（打一小动物）螳螂

上上下下，不上不下。（猜一字）卡

姚明一溜烟。（打一体育词语）男子长跑

书签。（猜一字）颊

中山立志振华夏。（古书目）文心雕龙

出水芙蓉。（猜花名）荷花

哑姑。（打一成语）妙不可言

一点不假。（旅游胜地名）滇池

行行重行行。（河南地名）漯河

十分精巧。（广东地名）湛江

洞房花烛夜。（中药名）桔梗

国际第一。（司法名词）扣押

儿童不宜。（猜数学用语）无限大

地狱狭窄。（猜两字）小区

悬崖勒缰。（猜一国家名）危地马拉

七六。（打一国家名称）希腊

七。（打一日常生活用品）皂

愿用家财万贯，买个太阳不下山。（4 字教育用语）自费留日

狼牙山壮士跳崖。（成语）五体投地

公主出世。（礼貌用语）贵姓

吕奉先雄心十足。（猜时人）布什

不难分解。（打一昆虫）蜥蜴

板门店和谈。（猜一成语）美不胜收

夜半新月挂枝头。（猜一字）季

芳龄几何。（猜一古人名）盘庚

一贯重视自我批评。（猜党史人名一）向警予

话说长城。（猜党史人名二）陈云、万里

昨日之日不可留。（猜一国家名）乍得

十有四五皆倒戈。（猜一离合字）叛

江郎才尽。（打一离合字）惫

牲。（猜中药名二）牵牛、独活

频哭上苍何不应。（猜中药名二）苦参、天麻

聚餐。（猜金融名词）进口合同

勇一半，谋一半。（猜一字）诵

牛羊马齐全，还可闻猪声。（猜一字）朱

相聚西湖边，泪别断桥前。（猜一字）湘

明月松间照，清泉石上流。（打二字词语）影响

飞入寻常百姓家。（打两个《水浒》人名）燕顺、时迁

劝君更尽一杯酒。（打一欧洲地名）巴尔干

寄书长不达。（打一成语）难以置信

魏武挥鞭。（猜一名词）操行

日落星出月当头。（猜一名词）生肖

一见钟情。（猜五唐句）相看两不厌

望而生喜。（猜五唐句）十五始展眉

包龙图一言不发。（猜五唐句）青天无片云

残阳如血。（猜一花卉名）晚来红

相见时难别亦难。（猜一成语）祸不单行

齐心抓重点，欣然向前进。（猜一字）斧

羞颜未开前缘定。（猜一字）纽

进口连衣裙。（猜一字）尹

清除。（猜一成语）满不在乎

化妆讲座。（猜一成语）谈何容易

洞房第一曲。（猜酒名）孔府家酒

生财有道。（打一出版名词）发行

笑语声中喜相逢。（打一文艺名词）音乐会

牛头马面挂两边。（打一口语）装神弄鬼，想吓唬谁

家家迎元宵。（学校用语）第二节

齐唱。（打一成语）异口同声

二十四小时。（打一成语）一朝一夕

但愿花长开。（打一礼貌用语）不要多谢

莫等闲白了少年头。（打《红楼梦》中一人物）惜春

文明。（猜一人名）朱时茂

元旦元宵捷报频传。（打一成语）首字五笔节节胜利

下棋落子无俗手。（打一国内家电品牌）步步高

清明前夜。（打一传统节日）元宵

正月一去，再不出头。（打一美国前总统）林肯

迁怒。（打一国名）挪威

翻身得自由。（打一字）甲

夏至。（打一成语）地久天长

写点东西留人间。（打一字）火

眉来眼去惹是非。（打一字）声

初生月映之江畔。（打一字）岸

天涯何处无芳草。（打一成语）不毛之地

水管结冰用火攻。（打一成语）融会贯通

谁知盘中餐，粒粒皆辛苦。（打一成语）点点滴滴

望断南飞雁。（打一日常用语）久仰

无可奈何花落去。（打一日常用语）感谢